Mis días en el café Torunka

Mis días en el café Torunka

SATOSHI YAGISAWA

Traducción de Daniel Casado

Ǫ Plata

Argentina – Chile – Colombia – España
Estados Unidos – México – Perú – Uruguay

Título original: 純喫茶トルンカ *(Junkissa Torunka)*
Editor original: Tokuma Shoten Publishing Co., Ltd
Traducción: Daniel Casado

1.ª edición: noviembre 2025

ISBN: 978-84-10439-08-5
E-ISBN: 979-13-87750-45-9
Depósito legal: M-19.608-2025

Fotocomposición: Urano World Spain, S.A.U.
Impreso por: Rodesa, S.A. – Polígono Industrial San Miguel
Parcelas E7-E8 – 31132 Villatuerta (Navarra)

Impreso en España – *Printed in Spain*

PARTE UNO

Bailarinas de domingo

Fue un domingo por la tarde, cerca del final del año, que una extraña mujer llamada Chinatsu Yukimura apareció en el café Torunka por primera vez.

Quizá debido a que todo el mundo estaba ocupado preparándose para Nochevieja, la cafetería llevaba todo el día desierta. Casi al mediodía, se pasó por allí uno de los clientes habituales que vivía cerca, pero después de eso no se le vio el pelo a ningún cliente más, y los únicos que estábamos en la cafetería éramos el propietario (que se llama Isao Tachibana, aunque yo siempre lo llamo «el propietario»), su hija Shizuku y yo. Al otro lado de las ventanas, el sol relucía con intensidad; sin embargo, dentro del establecimiento, escondidito en una callejuela a pocos pasos de una ajetreada calle llena de tiendas y puestos de mercado, la luz ya se iba desvaneciendo.

Oíamos el constante tictac del reloj de péndulo de la pared y la melodía de una canción de piano de Chopin que sonaba por los altavoces, a un volumen tan bajo que apenas se percibía.

—Qué aburrimiento de día —comentó Shizuku, holgazaneando detrás de la barra mientras leía la sección de deportes que se había dejado allí un cliente. Había dicho lo mismo por lo menos treinta veces desde que habíamos abierto por la mañana.

—Aburridíííísimo —repetí, tal vez por vigesimoctava o vigesimonovena vez en lo que hacía como que fregaba el suelo.

A Shizuku le gustaba decir que era la representante del café Torunka y seguramente lo seguiría diciendo si viera la cara que tenía al hojear la sección de deportes, con la boca medio abierta, con lo que se le veía el aparato.

—Es porque se acaba el año.

Por lo visto, ningún artículo era capaz de mantener la atención de una adolescente, porque, tras doblar el periódico haciendo más ruido que nadie, lo dejó caer sobre la barra.

—Tiene que ser por eso, sí —contesté sin energía, todavía aferrando la fregona y con la mirada perdida, sin nada que hacer. Debo admitir que me daban cierta curiosidad las fotos de mujeres desnudas de la sección de deportes que ella acababa de descartar, pero me parecía demasiado pronto como para ir a por el periódico, así que me quedé quieto.

—Oye, Shizuku, siéntate bien si vas a estar en esa silla. Que te van a ver las bragas.

El propietario, que había estado en el otro lado de la barra y se entretenía puliendo los vasos, le dedicó una mirada asqueada. Si bien tenía un aspecto serio y hasta daba un poco de miedo, era una persona tranquila que no solía mostrar lo que pensaba. Incluso en un día tan poco ajetreado como aquel, su expresión no cambiaba ni un ápice. Dedicaba sus esfuerzos a pulir los vasos y tazas, acto que soltaba unos agradables chirridos de vez en cuando.

—Serás viejo verde —se quejó Shizuku, sacándole la lengua, pero él ni se inmutó.

—Nadie quiere verte las bragas —dijo con cierta frialdad—. Haz el favor de comportarte.

Un gato marrón chocolate paseaba por la pared de hormigón que había al otro lado de la ventana, dando pasitos delicados conforme el pálido sol invernal le brillaba en el lomo. Se trataba de un macho al que ya había visto cientos de veces; dormía en el callejón de atrás. La parte delantera de la cafetería era una avenida para los gatos del vecindario. La cola corta y gruesa que tenía aquel, sostenida erguida, era la muestra de todas las batallas y peleas a las que había sobrevivido.

Hace mucho, leí en no sé qué libro que aquella zona del centro de Tokio tenía muchos gatos callejeros; sin embargo, desde que había empezado a trabajar ahí a tiempo parcial, solo había conocido (si era la forma correcta de decirlo) a unos cuantos. Me pregunté cuántos de ellos iban a sobrevivir al duro invierno que nos esperaba.

—Ojalá pasara algo interesante.

—Oye —la reprendió el propietario, perplejo de nuevo—. ¿Cómo vas a esperar que pase algo interesante? Si quieres que algo lo sea, lo más importante es que vivas la vida al máximo cada día. Y entonces todo se volverá más interesante por sí solo.

—No te pongas tan serio, que solo decía que estaría bien que pasara algo para no aburrirnos tanto. Shūichi, tú también quieres que pase algo, ¿verdad?

—Pues sí.

—Lo que hay que ver. Tengo unos trabajadores que son un caso perdido.

El propietario soltó un gran suspiro que su hija pasó por alto. Esta se volvió para mirarme.

—Shūichi, ¿estás de vacaciones de Navidad?

—Ya hace tiempo, sí. ¿Tú aún no?

—No, todavía nos quedan dos días. ¿Qué has estado haciendo durante las vacaciones?

—Mmm. Leer, echar siestas, beber.

—Pues lo mismo de siempre, entonces.

—Supongo que sí.

—Qué vida más fácil la de un universitario.

—Eso es injusto con los demás universitarios del mundo; hay muchos buenos estudiantes que sí saben lo que hacen.

—Entonces tú eres uno de los malos.

—Uy, yo soy de los pésimos —acoté con orgullo.

—Pues mira, así dicho no está nada mal. Eso es lo que quiero ser yo también. Vale, ya me he decidido. Cuando me gradúe en el instituto, seré una mala universitaria.

—Te deseo buena suerte, entonces. Me esforzaré día sí y día también para hacerte de ejemplo.

—¡Oye, Shūichi! No me seas mala influencia. El año que viene es el único que te queda en la universidad, ¿no? Pronto vas a tener que…

Por suerte, justo cuando el propietario estaba a punto de embarcarse en su sermón, oímos la campanita de la puerta al abrirse. Y los tres nos volvimos de inmediato, como una gansa y sus crías.

Una mujer apareció en la puerta.

Era bastante joven, algo nada común en una cafetería cuya clientela era de la tercera edad. Llevaba un grueso abrigo negro y una bufanda color escarlata intenso; era bajita y parecía callada. Tenía una melena morena en un bob elegante y no muy corto. Debía de hacer frío fuera, porque tenía las mejillas un tanto sonrosadas, a pesar de lo pálidas que eran.

Shizuku se puso en pie de pronto, se pasó los dedos por su larga melena y se ató bien el delantal.

—¡Bienvenida! —gritó en lo que transformaba su taciturna expresión en una sonrisa profesional para saludar a nuestra nueva clienta.

La joven pareció vacilar al darse cuenta de que, al no haber más clientes, contaba con la atención de los tres. Bajó la mirada y jugueteó con el pelo.

Casi me pareció un cervatillo, de modo que, para no asustarla, me colé en la cocina cual cangrejo en su madriguera.

Shizuku la acompañó a la mesa más alejada y le llevó un vaso de agua. Tras una conversación tan silenciosa que parecía que se confiaban secretitos, Shizuku volvió con la comanda.

—Un café colombiano.

—Ahora mismo.

El propietario fue a moler los granos, puso el resultado en el filtro y se dispuso a echar agua hirviendo sobre ellos, con lo que la estancia se llenó del intenso aroma del café. Al inspirar aquel olor, acompañado de la melodía de la nocturna de piano que invadía la cafetería, fue como si perdiera la noción de la realidad y estuviera paseando por el barrio antiguo de una ciudad europea.

Al otro lado de la ventana pasaba otro gato. En lo que lo observaba, el propietario fue pasando por las fases de extraer el sabor de los granos de café y, en un abrir y cerrar de ojos, la taza de líquido negro y brillante ya estaba lista, bajo unos hilillos de vapor. No exagero al decir que el café que preparaba estaba riquísimo. Aunque Shizuku era hija de un maestro cafetero, ella lo detestaba y no bebía nunca.

A mí me parecía una desgracia, la verdad. Si hubiera sido ella, habría estado encantado de beber café desde que era pequeño.

—Shūichi.

El propietario dejó la taza de porcelana blanca llena hasta el borde de líquido negro e hizo un ademán con la barbilla para que me la llevara.

Hasta aquel momento, no había sucedido nada fuera de lo común, más allá de que no habíamos tenido muchos clientes. Otra tarde más en el café Torunka.

Aun así…

En cuanto le dejé la taza en la mesa, la joven, que hasta aquel momento había estado con la cabeza gacha, alzó la vista.

Y entonces, por la razón que fuera, vi que abría mucho aquellos ojos, que ya eran grandes de por sí, para dedicarme una mirada intensa. De hecho, irradiaba semejante intensidad con la mirada que me dio la desagradable sensación de que me veía por dentro.

Se puso de pie de pronto y me dio un escalofrío cuando me tomó de la mano en un agarre tan firme como helado. Antes de que me diera tiempo a reaccionar a un giro tan repentino, me miró a la cara para hablarme con una voz cargada de emoción.

—Por fin te encuentro.

Estoy seguro de que eso es lo que dijo.

Aferrado por ella, no pude hacer nada más que quedarme mirándola sin saber qué decir. Por un instante, la cafetería se sumió en el silencio.

—Eh… ¿Eres amiga de Shūichi? —Shizuku, quien se había metido en la cocina, había vuelto a salir a toda velocidad y pasaba la mirada de uno a otro.

—No creo. —Negué con la cabeza con fuerza.

La volví a mirar y rebusqué en el baúl de los recuerdos. ¿Era una compañera del campus, alguna vecina, una prima o…? De verdad que no recordaba haberla visto en la vida.

—Eh… —solté, tratando de liberarme sin causar mucho alboroto, porque me seguía sosteniendo las manos con dedos pálidos y fríos—. ¿Te importaría decirme cómo te llamas? Perdóname si no te recuerdo, pero ¿nos conocemos?

—No, no nos hemos visto nunca —dijo con un tono de voz tranquilo pero decidido. Una voz que me impactó con tanta fuerza que di medio paso atrás sin querer—. Aunque te conozco desde hace mucho tiempo.

—¿Cómo dices?

—Me llamo Chinatsu Yukimura.

—Ah, esto… Yo soy Shūichi Okuyama.

—Encantada de conocerte.

—Eh… ¿Lo mismo digo?

Tenía el cerebro apagado o fuera de cobertura. Cuando te ocurre algo tan inconcebible, te sorprende tanto que no sabes cómo responder. Shizuku nos miraba boquiabierta, para ver cómo se desarrollaba todo.

—Es la primera vez que nos vemos en esta vida. Pero nos conocemos de una vida anterior.

—¿De una vida anterior?

—Éramos… —Se quedó callada unos segundos y sonrió, sonrojada como si se avergonzara de algo de repente. Y entonces me susurró para compartir un preciado secreto—: En una vida anterior, éramos pareja. —Se puso a juguetear con el flequillo, avergonzada de nuevo, y se le escapó una risita.

El sol se ponía y la cafetería no tardó en quedar iluminada por la luz ámbar de las lámparas. Y, por una razón que desconocía, bajo aquella luz tenue, estaba sentado con la mujer a la que conocía como Chinatsu Yukimura. Y todo porque Shizuku había soltado: «De nada sirve quedarse de pie para charlar», me había aferrado del brazo en lo que yo intentaba salir corriendo y se había sentado a mi lado.

Estaba claro que se lo estaba pasando increíble.

—No… De verdad que no soy una persona turbia… —dijo Chinatsu de la forma más turbia posible. Aun así, parecía haber recobrado la compostura que había perdido al verme y hablaba con aquella voz susurrante que había usado al entrar en la cafetería.

—Bueno, Chinatsu, ¿puedo llamarte así? Chinatsu, eh… De verdad no conocías a Shūichi hasta hace un momento, ¿no? —preguntó Shizuku, ya con su temperamento amistoso activado de nuevo.

—Sí, no lo conocía.

—Pero lo conoces de una vida anterior.

—Exacto.

La señorita Yukimura alzó la vista como si quisiera estudiarme el rostro.

—¿Tú no te acuerdas?

—No. Y… no he entendido nada de lo que decías hace un rato —dije, sin esconder lo incómodo que me sentía. Shizuku respondió dándome el codazo más fuerte que pudo por debajo de la mesa.

La miré indignado (*¡Podrías haberme partido las costillas!*), aunque ella se limitó a señalar a la clienta con la cabeza. Chinatsu bajó la mirada y me quedó muy claro que para ella bien podía ser el fin del mundo. Me rasqué la frente y solté un pequeño suspiro.

—¿Y cómo nos conocimos?

—Fue en París, en una época muy complicada: a finales del siglo dieciocho, en plena Revolución francesa.

La expresión le cambió en un instante; le brillaban los ojos.

—¡Vaya! —Shizuku soltó un gritito como de animal. Aun así, a Chinatsu no pareció molestarle y siguió con su historia.

—Te he echado de menos, Sylvie…

—¿Eh?

—Sylvie. Así te llamabas antes.

—¿Fui una mujer?

—Sí. —Chinatsu asintió con una sonrisa de oreja a oreja.

—Vaya. —Shizuku soltó otro gritito.

—En esa vida anterior, yo era un hombre llamado Etienne Apert. Y tú, una mujer llamada Sylvie Soleil, encantadora como un pajarillo, pero tan valiente que el soldado más aguerrido no le llegaba a la suela del zapato.

Aunque ya me imaginaba la reacción de Shizuku, cuando eché una mirada furtiva a la barra, vi que hasta el propietario tenía la mirada baja y que le temblaban los hombros por contener las carcajadas.

—Cuando nos conocimos, Sylvie, eras una inocente chica de dieciocho años, pero tenías un espíritu que ardía con…

—Vale, creo que ya lo capto. ¿Podemos adelantar la historia un poco? —Según la oía, notaba que me iba ruborizando.

—Yo era un deshollinador sin dinero. La primera vez que te vi fue en los Jardines de Luxemburgo. En cuanto te vi volviendo de clase, me quedé prendado.

—¡Vaya! —soltó mi compañera adolescente una vez más.

—Pasaba día y noche pensando en cómo hablar contigo mientras volvías de clase. Esperaba en los jardines cada día a que pasaras. Hasta que un día, un gran día, empezó a llover de pronto y vi que tus delicados hombros se empapaban por la lluvia, así que corrí a tu lado con un paraguas...

—Ya veo —solté aturullado, para cortar aquella historia cada vez más elaborada—. Creo que ya entiendo esa parte de la historia, sí. Y me imagino lo demás. En resumen, los dos... Sylvie y Etienne, ¿no? Esos dos eran pareja. Eso decías, ¿verdad?

—Ah, sí, eso es. Y que nos hayamos vuelto a ver... es un milagro, de verdad.

Cuando me quise dar cuenta, le vi los ojos anegados en lágrimas. Sacó un pañuelo rosa bastante femenino del bolso y se enjugó las comisuras de los ojos.

—Incluso si de verdad recuerdas esa vida anterior, ¿cómo puedes estar tan segura como para afirmar que yo soy esa persona?

—Porque..., cuando nos hemos mirado a los ojos, lo he notado de inmediato.

—¿Crees que es cosa del destino? —interpuso Shizuku. Estaba echada hacia delante, en el borde de la silla.

—Pues... sí. —Chinatsu Yukimura esbozó una sonrisa avergonzada y bebió un sorbo de café. Luego se echó el flequillo hacia delante como si quisiera esconder el rubor—. Yo no era más que un deshollinador sin estudios y tú eras más inteligente que nadie, con un propósito muy claro. Me instruiste con calma en los horrores de la monarquía y en el potencial de la filosofía de la Ilustración y me convenciste de que lo que más importaba, por encima de cualquier otra cosa, era que nos defendiéramos como sociedad. Ansiábamos la caída del *ancien régime* y nos sumamos a las masas que se rebelaban contra él.

—¿El *ancien régime*?

Shizuku y yo le dedicamos una mirada confusa, pero fue el propietario, callado hasta el momento, quien respondió:

—El *ancien régime* era el orden social de la Francia de aquella época, una monarquía absoluta con Luis XVI en el trono. A ver si estudiáis un poco más de historia.

—Lo conoce muy bien —lo felicitó Chinatsu, mirándolo—. Y el café está riquísimo.

—Ah, no, no es para tanto —dijo—. Pero muchas gracias. —Le dedicó una sonrisa avergonzada.

—Viejo verde —murmuró su hija, con cara de estar harta. Por su parte, Chinatsu no pareció hacerle caso y volvió a centrarse en mí.

—Puede que fuéramos ciudadanos insignificantes, pero en nuestro corazón ardía la luz de la esperanza, el fuego de la libertad. Aun así, el derrotero que nos deparaba el destino era arduo. Y muchos de los nuestros sangraron en aquellas batallas. Los cadáveres putrefactos de nuestros camaradas se apilaban en las calles de la ciudad... —Cerró los ojos y meneó la cabeza como si llorara la muerte de sus conocidos.

»Los combates se volvieron más cruentos y las tropas del gobierno me acabaron arrestando. No tardaron en meterme en la cárcel. Sin embargo, conforme me acercaba al final, no dejé de rezar para que la Revolución tuviera éxito. Y, por supuesto, nunca te olvidé, ni por un solo momento. La idea de morir y dejarte sola, Sylvie... Habíamos jurado que íbamos a estar juntos para ver los albores de la Revolución y también que, si todo acababa en ruinas, íbamos a estar el uno al lado del otro. Y, aun así...

Se tapó el rostro con las manos y se echó a llorar al fin.

—Sylvie —continuó—, lo siento mucho. Quería pedirte que me perdones.

Entonces pensé que, en mis veintiún años de vida, nunca me había encontrado con una situación tan absurda como aquella. Tenía delante a una mujer que lloraba y a la que no recordaba haber visto ni una sola vez. Estaba tan desconcertado por todo que casi cedí al impulso de ponerme de pie y exclamar: «¡Ay, sí que me acuerdo!». Así de terroríficas son las lágrimas de una mujer.

No obstante, me puse firme y me contuve. Porque, si me permitía ceder, sí que me iba a meter en un berenjenal peor aún. Incluso cuando me volvió a preguntar si de verdad no me acordaba de nada, negué con la cabeza en silencio.

—Oye, Sylvie, ¿no estás siendo más fría de la cuenta? ¿De verdad no hay ninguna forma de que recuerdes a Etienne? —Shizuku, quien parecía incluso más conmovida que yo por las lágrimas, me instó a contestar.

En cualquier caso, los dos permanecimos tan distanciados como siempre. Para cuando el mundo exterior se tornó azul oscuro, dos grupos de clientes habían entrado, uno detrás de otro, y los dos nos pusimos de pie.

—Eh… Disculpadme por haberme presentado así sin más —acabó diciendo Chinatsu mientras intentaba huir.

—Por favor, vuelve cuando te apetezca. Seguro que Shūichi se acaba acordando, ya verás. —La autoproclamada representante del café Torunka no podía evitar pasarse de la raya.

—¿De… de verdad que no os molestaría?

—¡Claro que no!

Chinatsu, quien hasta entonces había seguido llorando, cambió la expresión por una radiante, propia de un niño pequeño en su cumpleaños.

—Os lo agradezco mucho. No sabéis lo feliz que me hacéis.

Señor, llévame pronto. Solté un suspiro. Aun así, no me veía con corazón para contradecir la decisión de la representante del café Torunka, quien la acompañó a la puerta y se volvió hacia su padre con expresión de triunfo.

—Al final sí que ha pasado algo interesante.

Como la cafetería cerraba por vacaciones, pasé los siguientes días en mi piso, barato y de tamaño miniatura, sin ningún plan.

Mis amigos de la universidad habían vuelto a casa para pasar las fiestas con sus respectivas familias o se habían ido de viaje. Sin embargo, por culpa de mi situación particular, yo no pensaba volver a mi pueblo con mi familia. No había vuelto ni una sola vez desde que había llegado a Tokio para ir a la universidad y mis padres tampoco se habían esforzado mucho en hablar conmigo precisamente. No me molestaba; no quería aquel tipo de problemas.

En la tele, solo daban estridentes programas de Nochevieja que a mí me parecían un muermo pero que veía de todos modos. La iniciativa del día la gasté en prepararme alguna que otra taza de café. Empezar a trabajar en la cafetería me había inspirado para montarme una instalación propia en casa, con un molino de grano eléctrico y una bolsa de goteo para prepararme el café. Y al principio no notaba la diferencia, sinceramente, pero luego el propietario me dio un par de nociones básicas y fui viendo lo que distinguía una taza de café bien hecha de todas las demás.

Según el propietario, el tipo de grano que se escoge y la calidad del equipamiento determinan lo bien que sale el café, sí, pero el secreto para preparar una buena taza es «darse tiempo para hacerlo como debe ser».

Con tan solo prestarle atención al momento en el que sacaba el filtro de la cafetera ya mejoraba el sabor del café en sí. Y, en cuanto aprendí a distinguir las diferencias de sabor, me asombré al comparar el café del propietario con el que me preparaba yo en casa. Incluso si usábamos el mismo tipo de granos, el regusto que dejaban era completamente distinto.

Cuando me di cuenta de ello, el café que me preparaba mejoró en gran medida. Tampoco es que pretenda abrir una cafetería en algún momento, pero no hay nada mejor que una deliciosa taza de café. Además, no tengo ninguna otra afición ni actividades que se me den bien ni nada de nada, así que estar un pelín orgulloso del café que me hago no tiene nada de malo. Si bien no tiene ni punto de comparación con el del propietario, creo que se me da lo bastante bien prepararme una taza para mí.

Sin embargo, aquella Nochevieja, intentara lo que intentase, el café que me preparaba en casa solo para mí no me sabía a nada.

La Nochevieja anterior había pasado el día entero con Megumi. No nos molestamos en salir al frío, sino que nos quedamos bajo el calor del *kotatsu* y recibimos la llegada del año nuevo viendo la tele. Ya pasada la medianoche, nos preparé una taza de café y brindamos para celebrar con las tazas de cerámica de Hagi que nos habíamos regalado, por caras que fueran.

No puedo afirmar que el café que preparé aquel día estuviera riquísimo, pero, cuando lo bebimos juntos, ella me sonrió y me dijo que estaba muy bien pasar la Nochevieja así. Recuerdo su sonrisa y el sonido de su voz como si fuera ayer.

Megumi y yo rompimos hace unos tres meses. O, mejor dicho, ella me dejó. Y, durante bastante tiempo después de eso, no sabía ni quién era. Incluso mis conocidos notaban que estaba muy mal. Como resultado, causé muchos problemas para el propietario y su hija en el café Torunka, en especial para ella, quien se sigue preocupando mucho por mí.

Aun así, no dejo de pensar en Megumi. Quizá no habría importado quién fuera ella en concreto, porque la primera persona con la que sale uno siempre tendrá un lugar especial en el corazón, o tal vez es que no consigo olvidarla porque es una persona única de la que estuve profundamente enamorado. Igual es que soy de esos que caminan arrastrando los pies, aferrados al pasado. Tres meses es una cantidad de tiempo complicada: demasiado pronto como para olvidarse de alguien, pero también el tiempo suficiente como para que resulte patético obsesionarse con lo que pudo llegar a ser.

Ahora que lo pienso, el día que empezamos a salir fue también el primer día que entré en el café Torunka.

Fue hace dos años, cerca del final del verano de mi primer año en la universidad.

Decidimos hacer una parada donde fuera en lo que volvíamos a casa desde el campus, como de costumbre. Nos llevábamos bastante bien por algún motivo y solíamos estar juntos, tanto en el campus como fuera, los dos solos, pero no teníamos una relación definida como tal. Quiero decir que éramos más que amigos, pero tampoco llegábamos a ser novios, y que pasamos bastante tiempo en ese limbo sentimental.

Aquel día, Megumi quería ir al centro, de modo que fuimos al mercado callejero Yanaka Ginza, que no está muy lejos de mi piso. Era justo el anochecer y la calle estaba bastante ajetreada, llena de gente que salía a comprar algo para hacer la cena. Aquella calle tenía algo de particular que conservaba el ambiente propio de la era Shōwa, del siglo veinte. Conforme recorríamos aquel lugar angosto y repleto, me pareció una calle tan nostálgica como llena de vida.

Nos compramos unas croquetas en un puestecito y nos las metimos entre pecho y espalda mientras andábamos. Estábamos como a medio mercado cuando un gato atigrado color marrón pasó corriendo por delante de nosotros y se coló por un angosto callejón.

Seguimos al gatito como si nos estuviera guiando. El callejón era apenas lo bastante ancho como para que cupiera un adulto y había varias bicicletas infantiles por ahí aparcadas, quizá porque no había espacio para ellas en las viviendas que delineaban ambos lados. También había un preocupante número de cables eléctricos que colgaban de postes, en una maraña que nos quedaba encima de la cabeza.

Megumi iba por delante. Al llegar al final, sin salida, dimos con un edificio de aspecto antiguo con las paredes cubiertas de hiedra. Con su estilo bungaló, tejado con estructura en «A» y una fachada marrón oscuro y uniforme, asemejaba más a una cafetería que a una casa.

—Anda, si hay una cafetería aquí escondidita. —Megumi siguió adelante sin esperar a que le contestara y echó un vistazo al interior a través de la puerta de cristal—. Pues parece muy bonita por dentro. ¿Quieres entrar a ver qué tal?

Abrimos la puerta cuyo letrero rezaba Café Torunka y entramos.

Como cabría esperar después de verla desde fuera, la cafetería no era muy grande: aparte de los asientos junto a la barra, solo tenía cinco mesas. Para ser una difícil de encontrar, estaba bastante llena, pues todas las mesas estaban ocupadas, salvo la del centro de la estancia.

Megumi se enamoró de la cafetería de inmediato por lo recóndita que le parecía. Después de que nos acompañaran a la mesa, ella se puso a observarlo todo y detuvo la mirada en la distintiva máscara de madera que colgaba de una pared.

—¿Crees que la habrán comprado en África? Mira, mira, con esa cara de sueño se parece a ti —se rio. Puso los ojos como platos por la emoción al ver el clásico teléfono rosa que tenían delante del baño—. Me muero. ¡Todavía tienen uno de esos!

Yo también hacía como que observaba la cafetería, aunque lo que hacía en realidad era dedicarle miradas furtivas y verla llena de la emoción propia de un niño pequeño. Pensé que sonreía mucho y de una forma muy natural, muy sincera.

Y entonces fue cuando me di cuenta. De verdad estaba enamorado de ella.

Creo que, en aquel punto de mi vida, aún no me había enamorado de nadie nunca. En mi pueblo natal, mis padres regentaban un bar de cócteles, pero su relación fue de mal en peor a lo largo de mi infancia. Solo pretendían ser una pareja para guardar las apariencias y no tener que cambiar ningún papeleo del bar, pero los dos tenían amantes más jóvenes y hacían lo que les venía en gana. Quizá fue por haberme criado en un hogar así que me costaba entender por qué los demás se enamoraban. De hecho, me preocupaba no ser capaz de querer a alguien.

Hasta que me mudé a Tokio y conocí a Megumi en la universidad. Vi aquella sonrisa radiante y despreocupada y me dije que quizá era eso lo que sentía uno al querer a alguien. Significó muchísimo para mí; estaba tan contento que podría haberme echado a llorar.

Según recorríamos la calle de vuelta a casa aquella misma noche, los sentimientos que habían brotado en mí en la cafetería no parecían querer desaparecer. Fue así que le dije cómo me sentía o, mejor dicho, las palabras salieron de mí sin que yo pudiera hacer nada por impedirlo.

—Ay, qué alegría. Por fin me dices algo. —Entonces le cambió la expresión, parecía que iba a echarse a reír y a llorar al mismo tiempo. Aun así, lo que hizo fue soltar una carcajada allí mismo, superada por la emoción—. Llevo mucho tiempo esperando.

Poco después de aquella noche, vi por casualidad el cartel de SE NECESITA PERSONAL para un puesto de media jornada en el café Torunka y, dado que yo estaba buscando trabajo, me apunté de inmediato. Ni siquiera llevaba el currículum encima, pero el propietario tuvo la amabilidad de contratarme.

Megumi solía pasarse por allí como clienta y me esperaba a que terminara el turno. Shizuku y el propietario se burlaban y nos decían cosas como: «¿A que está bien ser así de felices juntos?». A mí me invadía la vergüenza, aunque Megumi siempre se reía y decía que sí, que éramos muy felices.

Lo más seguro es que ella no vaya a volver a pisar la cafetería. No se volverá a presentar en la puerta, sin aliento, para sentarse a beberse su café y esperarme.

Quizá el tópico sí que sea cierto: uno no sabe lo que tiene hasta que lo pierde. Porque a mí me pasó cuando me dejó Megumi. Ojalá hubiera podido pasar toda la vida sin aprender esa lección.

Cuando quise darme cuenta, ya habíamos entrado en el año nuevo.

El primer domingo después de las vacaciones, Chinatsu Yukimura volvió a la cafetería.

Aquel día, Shizuku no estaba por allí, sino que estábamos solo el propietario y yo. Y quizá fue mejor así.

Porque, desde aquel día de Nochevieja, Shizuku había estado intentando juntarme con la señorita Yukimura sin cesar.

—Venga, Shūichi —me decía—, seguro que es cosa del destino.

Como aquello me preocupaba, le había preguntado si lo creía de verdad.

—Ya sé que suena raro, pero está bien soñar con algo, ¿no? O sea, todo eso de haber sido pareja durante la Revolución francesa… Y es muy bonita. ¿Cuántos años le echas? Debe de ser un poco mayor que yo, ¿verdad? Podrías salir con ella. ¡Al fin y al cabo, me tienes de tu parte!

No dejaba de alentarme así. Por la razón que fuera, estaba prendada de Chinatsu; cada vez que la veía, se ponía a hablar de ella. Quizá se debía a que mi compañera era adolescente y por eso le iban aquellos temas. Seguro que le parecía extraordinario todo.

En cuanto me di cuenta de que Chinatsu Yukimura había entrado en la cafetería, me tensé. A diferencia de la última vez, había bastante clientela, por lo que no iba a poder lidiar con la situación si volvía a ocurrir lo mismo. Sin embargo, aquella vez se me acercó con bastante formalidad y me dedicó una reverencia con respeto.

—Perdóname por haber sido tan maleducada el otro día.

—Ah, sí, no pasa nada —solté perplejo.

—Os he traído esto para que lo compartáis. Espero que no os moleste.

Me entregó una caja con postres; a juzgar por el envoltorio, parecían ser de la tienda de postres tradicional de la calle Yomise.

—Ah, gracias.

—¿No te gustan los dulces? —preguntó con miedo a que los rechazara.

—No, no es eso, es que…

—Ay, qué bien.

Una sonrisa le apareció en el rostro y la vi muy aliviada, pero luego se echó el flequillo hacia delante, como si quisiera taparse los ojos. Parecía que lo tenía por costumbre.

—¿Vives por aquí? —le preguntó el propietario. Resulta que nos había estado mirando desde detrás de la barra, todo sonriente.

—Sí, cerca de la estación.

—Pues has sabido encontrar la cafetería, mira tú. Por el rinconcito en el que estamos, a los de fuera del barrio les cuesta descubrirnos.

—Es que vi un gato…

Se puso nerviosa y vaciló tanto que me embargó la impaciencia.

—¿Sí?

—El gato pasaba corriendo por ahí y fui a perseguirlo...

—Ah, ya veo —dijo el propietario, tratando de sonreír.

—Perdone...

—No tienes por qué disculparte.

Si bien el propietario se puso nervioso, en mi caso me sorprendí al ver que era lo mismo que me había ocurrido a mí. Aunque no me permití mostrar ninguna reacción, claro.

El señor Takita, parlanchín donde los haya, decidió que era el mejor momento para meter baza en la conversación y se puso a decir lo más raro que se le ocurría.

—¿Cómo? ¿Un gato? ¿Seguiste a un gato hasta aquí? Pero si eso es lo que pasa en... ¿cómo se llama? *Alicia en el País de las Pesadillas*.

—*Alicia en el País de las Maravillas* —lo corregimos el propietario y yo al unísono. Además, Alicia no perseguía a ningún gato, sino a un conejo.

En cualquier caso, después del breve saludo, Chinatsu se sentó a la barra y se puso a beber el café en silencio, tan tiesa que, desde lejos, parecía una estatua. Y entonces, sin más, se puso de pie y, con una reverencia de despedida, se marchó.

Mientras pensaba en la cierta decepción que me había entrado por que se hubiera ido sin que habláramos más, el propietario me dio unos toquecitos en el hombro para llamarme y lo vi esbozar una sonrisa cómplice.

—Puede que sea un poco calladita, pero es bonita y parece buena gente, ¿no crees? Además, ya va siendo hora de que te plantees conocer a otras personas.

Me lo quedé mirando con los ojos muy abiertos de pura sorpresa. Parecía que se había estado preocupando por mí, aunque fuera a su modo. O también cabía la posibilidad de que, como a su hija, todo aquello le hiciera mucha gracia.

—Es que es un poco…

—A ver, no me creo nada todo eso de la vida anterior, pero sé que es buena persona.

—¿Y cómo lo sabes?

—¿A cuántas personas crees que he conocido en este negocio? Soy capaz de saber cómo es alguien con un par de conversaciones.

—Ya, y yo me lo creo.

La única respuesta del propietario fue una risita desafiante.

Desde aquel día, Chinatsu Yukimura se pasaba por el café Torunka una vez a la semana sin falta.

Siempre los domingos, normalmente por la tarde, cuando no teníamos muchos clientes. Sin embargo, cada vez que venía, no parecía hacerlo con algún propósito en mente.

Pedía su taza de café y se quedaba con la mirada perdida o se ponía a leer libros como *La princesita*, *El jardín secreto* o *Ana la de Tejas Verdes*, el tipo de novelas que les suelen gustar a las chicas más jóvenes. De vez en cuando nuestras miradas se cruzaban y ella sonreía con timidez (y, cada vez que ocurría, a mí me costaba conservar la compostura). Y luego, transcurrida una hora o dos o, como muy tarde, al anochecer, se marchaba con el mismo silencio con el que había llegado.

Aun así, no podía confiarme: si salía el tema de nuestra vida anterior, ella lo cambiaba de inmediato. Por descontado, yo no quería saber nada de aquello, pero no puedo decir lo mismo de Shizuku, la sinvergüenza empedernida del café Torunka. Si bien algún milagro le había impedido estar presente durante la segunda visita de Chinatsu, siempre estaba a la espera de poder sentarse a su lado y entablar conversación con ella, más alegre que nadie.

—Fue la noche después de que lográramos tomar la Bastilla. Los del ejército revolucionario encendimos una hoguera en la plaza y nos pusimos a beber vino todos juntos, para reafirmar la camaradería que nos vinculaba.

—Vaya, qué genial.

—Sylvie y yo nos dimos la mano y nos quedamos mirando las llamas brillantes y rojas. Fue entonces que nos prometimos que nos íbamos a casar cuando terminara la batalla. Cuando me acuerdo de lo preciosa que estaba ella aquel día, de perfil e iluminada por la hoguera…

Estuve a punto de soltarle: «Me da vergüenza solo de oírlo».

Cada vez que la oía hablar así, tan embelesada, me daba la sensación de que me iba a entrar acidez. Era como una adolescente que soñaba despierta con la fantasía que fuera («Ojalá pudiera ser así… Ojalá conociera a alguien asá…»). Conforme todo iba a peor, me dio la impresión de que ella ya no sabía distinguir entre la realidad y aquellas ensoñaciones.

Quizá había llegado el momento de que se olvidara de todo aquello.

—Eh, oye.

Una vez que se habían acostumbrado a charlar así entre ellas, yo había pasado a esperar el momento justo para decir algo. Pensándolo ahora, creo que esa fue la primera vez que empecé una conversación con ella por voluntad propia.

—¿Cuántos años tienes?

—¿Yo?

—Sí.

La idea había sido convencerla de que no podía seguir viviendo en un sueño, que de nada servía perseguir mariposas por prados llenos de flores, pero entonces...

—Veinticuatro —respondió.

—Conque veinticuatro... ¿Y no crees que va siendo hora de que te dejes de...? Espera, ¿tienes veinticuatro años?

Me estremecí al comprender la edad que tenía. A pesar de que le habría echado unos dieciocho o diecinueve, me sacaba tres años, era una adulta hecha y derecha.

—¿Pasa algo? —Me miró extrañada.

—No, es que eres mayor que yo... —balbuceé. Me hizo preguntarme más aún si es que le pasaba algo. Imagino que Shizuku estaba pensando lo mismo, porque se quedó sentada sin decir nada—. ¿Y trabajas?

—¿Que si trabajo? Pues sí, en una fábrica de coches.

—Chinatsu, no te veo fuerte para un trabajo así. ¿No se te hace muy cuesta arriba? —Fue Shizuku la que dio voz a las mismas dudas que tenía yo. Me estaba costando imaginármela trabajando con un mono, en lugar de con las blusas y vestidos sencillos pero adorables que solía llevar.

—Me va mejor eso que trabajar con la cabeza, aunque no se me da bien. Soy lenta y acabo causando un montón de problemas. De hecho, me han despedido de otras dos fábricas desde que me gradué en el instituto. Ahora estoy en la tercera; tengo suerte de que me hayan contratado.

Solté un gruñidito de incredulidad sin querer. Shizuku tampoco sabía muy bien cómo responder.

—Ay, debe de ser muy duro —acabó diciendo.

—No, no, creo que es peor para mis compañeros. O sea, por culpa de eso, no me habla nadie en la fábrica…

—¿Quieres decir que se meten contigo? —preguntó Shizuku en voz queda.

—¡Oye! —interpuse nervioso. No se pueden hacer esas preguntas así de forma tan brusca, uno necesita dar unos pocos rodeos. Aun así, a ella no pareció molestarle.

—¿Que si se meten conmigo? No, tampoco es eso. Solo saben que mientras esté allí no voy a servir de mucho. Y yo ya sé que solo causo problemas y que debería dimitir, pero de alguna forma tengo que ganarme la vida, digo yo.

—Chinatsu, ¿te apetece otra taza de café? —pregunté.

—¿Cómo dices?

—Es que me apetece una, y ya que estaba, pensaba que… Voy a usar los granos que he traído de casa, así que no hace falta que pagues.

Como parecía no saber qué decir, fui a la trastienda sin esperar respuesta alguna. Con el permiso del propietario, le preparé una taza del café colombiano que pedía siempre y se la llevé poco después.

Ni siquiera yo entendía por qué lo había hecho.

En parte, se debía a que no quería permitir que aquella sensación incómoda de la estancia siguiera flotando más rato en el ambiente, pero no era el único motivo.

Estaba un poco avergonzado. Siempre había sido una persona perezosa y obstinada que intentaba evitar todo lo que le pareciera un engorro, que trataba de ir por la vida usando la labia para librarse de cualquier problema. Había

33

sido así desde que era pequeño, por mucho que fuera algo que detestaba. Y en aquel momento, al encontrarme con una mujer como ella, que trataba de ganarse la vida de forma honesta, por mal que se le diera, me abrumé y tuve que apartar la mirada.

Ella se había esforzado muchísimo más que yo en la vida. Fuera un poco rara o no, hubiera sido mi pareja en otra vida o no, tenía más de lo que enorgullecerse que yo, además de mucha más entereza.

—Está riquísimo.

Esbozó una leve sonrisa al probar el café que le había llevado. Y, como de costumbre, se retocó el flequillo.

Por mi parte, volví a esconderme en la cocina como si no hubiera oído nada.

Aquella misma noche, después de que Chinatsu Yukimura se fuera a casa, me puse a recoger su mesa hasta que oí la voz de Shizuku a mis espaldas.

—Oye, ¡para, para! —Y corrió hacia mí, seguida del bamboleo de su coleta, como el péndulo de un reloj.

—¿Qué pasa?

Recogió con cuidado un objeto blanco y pequeño que estaba junto a la taza de café y lo alzó para que lo viera mejor.

—Mira.

Y no era gran cosa: una de las servilletas de la cafetería, doblada en forma de bailarina.

—¿Qué le pasa? —pregunté sin dejar de recoger. Si bien no era lo más común, tampoco era nada raro que los clientes dejaran algo en la mesa. No entendía por qué iba corriendo a recoger aquella servilleta en concreto.

—¿No lo entiendes?

—¿Qué es lo que no entiendo?

—Las bailarinas que hace Chinatsu son completamente distintas a las de los demás. ¿No ves que son increíbles? Y siempre nos deja una.

Aunque no creía que las estuviera dejando a propósito, me quedé mirando la servilleta doblada en la palma de Shizuku. Solo que no entendía qué tenía de especial. Al fin y al cabo, si alguien se dejaba algo así en la mesa, lo que hacía yo era tirarlo a la basura sin prestarle mucha atención.

—¿Cómo que no lo ves, tontorrón? Las que hace Chinatsu están llenas de vida. Cuando las miras, ¿no te parece que tienen como expresión propia? Y las piernas y los brazos están bien proporcionados; las que hace la gente acaban con las piernas más cortas de la cuenta o con la cabeza muy grande. Nunca quedan así de bien.

Shizuku se volvió hacia una clienta habitual que estaba allí por casualidad, una anciana llamada Chiyoko que siempre tejía esto o lo otro, y le mostró la bailarina.

—Señora Chiyoko, ¡mire esto!

—¡Anda, ha quedado muy bien! —exclamó y se puso a aplaudir. Aun así, la anciana era tan amable que no supe decir si estaba siendo sincera o solo pretendía ser educada.

—¿Tan especial es?

Tras aquella respuesta tan indiferente, Shizuku se enfurruñó.

—Vale, ven y verás.

Y entonces, muy a mi pesar, me obligó a aprender a doblar una bailarina desde el principio. Tras doblar la servilleta hasta conseguir una tira estrecha, hay que juntar los dos extremos y hacer una pequeña incisión. El problema era que se trataba de un proceso bastante complicado para un torpe como yo.

Si bien fui capaz de terminar por algún milagro de la vida, la bailarina que salió de entre mis manos lo hizo con un aspecto atroz. Le quedaron unas piernas gruesas, con forma de rábano, y unos brazos demasiado cortos en comparación con la cabeza, además de que le faltaba la cintura; si pretendía bailar con elegancia, lo llevaba difícil. Aun así, salió mucho peor de lo que Chiyoko se había esperado y se dobló para reírse tanto que creía que se nos moría allí mismo.

—Bueno, vale, es más difícil de lo que parece —admití a regañadientes.

—¿A que sí? —soltó Shizuku con orgullo, por mucho que la bailarina original no la hubiera hecho ella. Y entonces, en una voz apenas perceptible, murmuró de pronto—: Quiero que Chinatsu sea feliz…

—Lo dices como si ahora no lo fuera.

—¿No te…? —Se quedó callada y agachó la vista. Aun así, sabía a qué se refería.

Y era precisamente por entenderla que me sentía incómodo.

Por muy feliz que pareciera Shizuku por fuera, era mucho más delicada de lo que se entreveía. Una sola palabra o gesto podía tener semejante efecto en ella que se apenaba en nombre de otra persona, y una noticia triste que saliera por la tele bastaba para deprimirla. Era una chica amable y generosa, pero a veces la miraba y me preocupaba.

Intenté darle unas palmaditas en la cabeza, donde llevaba su larga melena recogida en una coleta; actuaba como un tipo cualquiera en un drama adolescente que intentaba animar a la protagonista. Pero ella me apartó la mano de inmediato. Debería habérmelo visto venir.

—Llevo un tiempo pensando que sientes debilidad por ella, Shizuku.

—Mmm… —Se lo pensó por un momento y luego sonrió—. Quizá un poco sí. Es que me recuerda a alguien.

—¿Ah, sí?

—Sí. No sé si será por cómo se viste o porque le gusta leer, pero tiene algo que me recuerda a alguien. Me pongo nostálgica cada vez que hablo con ella.

Los ojos pequeños que había heredado de su padre se entornaron más aún, como si recordara algo.

—A Chinatsu le encanta el café Torunka. Me dijo que venir aquí la calma, que la hace sentirse con fuerzas para resistir los días venideros. Los domingos son sus días libres, ¿sabes? Y dedica ese preciado día a estar con nosotros. Cuando piensas en eso, ¿no te pones tan contento que te dan ganas de llorar?

La sonrisa que le vi entonces fue completamente distinta a la que solía tener mientras trabajaba. Desde el otro lado de la barra, sacó una caja de lata que en algún momento de la vida había tenido un surtido de galletas y guardó las bailarinas de Chinatsu en ella.

—¿Las has estado guardando?

—He recogido las que he visto, sí. Y, a partir de ahora, te prohíbo que las tires —me dijo, antes de mostrarme el contenido de la caja. Ya había tres bailarinas dentro—. ¿No sería maravilloso que se dieran la mano y formaran una especie de arco desde un extremo de la barra al otro?

—¿En serio? —La miré confuso. No lo entendía.

—¡En serio! —me contestó ella de forma tan amenazante que supe que no podía discutírselo.

—Pues parece que aún te faltan muchas para poder hacer el arco.

Imaginé que iba a necesitar al menos treinta para que las bailarinas abarcaran ambos extremos de la barra. O, incluso, tal vez cincuenta. ¿Cuántos domingos iban a hacer falta para eso? Si tantas quería, podía pedírselas a Chinatsu y seguro que le hacía un montón. Sin embargo, cuando le propuse la idea, ella se negó.

—Es que así pierde toda la gracia —me explicó—. Así que vamos a tener que conseguir que Chinatsu siga viniendo mucho tiempo —añadió, riéndose para sí misma.

A pesar de que me había hecho a la idea de que los días cálidos iban a seguir en febrero, la noche siguiente cayó una ventisca que trajo consigo un frío que pelaba.

La ventana cochambrosa que tenía traqueteaba con cada ráfaga de viento y el aire helado se colaba sin piedad por cada hueco. El aliento me salía en forma de nubecita incluso dentro de casa. Y me acordé de lo muy a menudo que Megumi venía a verme allí.

El día anterior me había topado con ella en la entrada de la cafetería del campus por primera vez después de mucho tiempo. Había bajado la guardia porque no había mucha gente por la zona, ya que habían pasado los miserables días de los exámenes finales. Desde nuestra ruptura, había hecho todo lo posible por evitar verla.

Y, si bien pasamos por un breve momento de incomodidad, luego me dedicó su sonrisa de siempre y me saludó.

—Anda, cuánto tiempo. ¿Cómo estás?

—Bien, ¿y tú?

—Bien.

—Ah.

Hasta ahí llegó nuestra conversación, luego nos despedimos con la mano y fuimos cada uno por su lado.

Por raro que fuera, aunque no podía sacármela de la cabeza, de verdad esperaba que fuera feliz por su cuenta. Me dije que me alegraba de ver que estaba bien. Aun así, verla marcharse me había dejado un agujero en el corazón que no iba a poder llenar nunca y sabía que el dolor que vivía en él no iba a desaparecer.

—¡Oye, Sylvie, hay que acompañar a Chinatsu a casa!

Un domingo por la noche, cuando estaba a punto de salir de la cafetería para volver a casa, Shizuku me llamó para pararme los pies. Ya eran las cinco, el final de mi turno, y Chinatsu seguía en el café Torunka, aunque nunca se quedara hasta tan tarde.

—¿Quién es Sylvie? —Fulminé con la mirada a mi compañera, pero no me hizo ni caso.

—Ya está bastante oscuro. Quizá en vuestra vida anterior la situación era la contraria, pero en esta la chica es Chinatsu, así que…

—No, no, ¡no quiero molestar! —soltó con expresión nerviosa según hacía el ademán de ponerse de pie, solo que Shizuku también pasó por encima de ella.

—Venga, va —me dijo, aferrándome con fuerza de una manga conforme yo intentaba poner pies en polvorosa—. No te cuesta nada, ¿no?

A juzgar por su tono de voz, supe que no me quedaba otra, así que accedí a regañadientes. Después de lo sucedido con Megumi, no estaba de humor para tonterías, pero supuse que podría con aquello al menos.

—Vale, voy a pasar por la calle del mercado para acercarme a la estación de tren. ¿Vamos juntos?

—¿Seguro que no te molesta?

—Me queda de camino igualmente —expliqué sin darle mucha importancia.

Chinatsu se puso de pie y se apresuró a ponerse la chaqueta.

—Bueno, vale. ¡Vamos!

—No hace falta que te des prisa, puedo esperar.

—No, ¡ahora está bien! —soltó, por mucho que llevara el bolso abierto (con lo que llegué a ver todo lo que llevaba) y que no hubiera pagado la cuenta aún. Cuando se lo comenté, se puso roja como un tomate y le dio el dinero a Shizuku. Ver todo aquello acabó siendo demasiado para mí y me eché a reír. Chinatsu se me quedó mirando sorprendida—. ¿Qué pasa?

—Venga, vámonos. —Decidí hacerme el tonto.

—¡Vale! —me dijo tan contenta como un perrito a punto de salir de paseo.

Lideré la marcha conforme recorríamos la calle Torunka (es el nombre con el que Shizuku había decidido bautizar a la callejuela en la que estaba la cafetería) y salíamos a la calle del mercado.

Como casi anochecía, las farolas de Yanaka Ginza ya emitían un pálido brillo blanco. La calle estaba llena de amas de casa en busca de ingredientes para la cena y una música alegre sonaba desde los altavoces de más arriba. Al cruzar la calle por delante de la carnicería, el aroma de la carne sopló hacia nosotros y me rugió el estómago como si exigiera un sacrificio para apaciguarlo.

Iba con las manos en los bolsillos de la chaqueta militar que había encontrado a muy bajo precio, por mil novecientos cincuenta yenes, como parte de mi estrategia para sobrevivir al invierno. Chinatsu caminaba a mi lado, con el rostro enterrado en la misma bufanda escarlata que había llevado el día que nos conocimos. El gélido viento invernal arremetía contra nosotros y le mecía el cabello a la altura de los hombros.

Se me pasó por la cabeza que era la primera vez que estaba con ella fuera de la cafetería. Ya hacía dos meses que nos conocíamos y mi reticencia inicial había desaparecido en cierta medida, aunque tampoco estaba listo para concebirla como una mujer con la que podría salir, por mucho que el propietario y su hija me insistieran.

En cualquier caso, mi decisión de volver a casa pasando por la calle del mercado resultó ser una muy mala idea.

No tardamos en captar la atención del hombre del puesto de frutas y verduras, quien también era cliente habitual de la cafetería.

—Anda, si es el tipo de la cafetería. ¿Has salido con tu novieta?

Poco después, ya los oíamos chismorrear en el *delicatessen* y en la tienda de té del otro lado de la calle.

—¡Uy, está con su novia! Qué envidia de juventud, ¿eh?

No me quedó otra opción que negarlo todo.

En algún momento, había pasado a ser alguien que los del barrio reconocían de vista. Todos eran muy abiertos y sociales, aunque me sorprendiera, por lo que tendría que haberme imaginado que iba a ocurrir algo así. Seguí andando, sumido en una incomodidad indescriptible; por su parte, Chinatsu no mostraba indicio alguno de estar avergonzada, quizá porque no se había percatado de que se estaban mofando de mí.

Cuando por fin nos alejamos de los cotilleos, Chinatsu me sonrió para comentarme algo.

—Shūichi, todavía te frotas la oreja cuando no sabes qué hacer. Como antes.

Me quedé de piedra; lo había dicho como si de verdad me conociera desde hacía muchísimo tiempo. ¿De verdad me seguía hablando de la vida anterior?

—Ay, madre —solté con una carcajada forzada.

—Perdona. Habrá sonado raro.

—No te preocupes.

Me miraba con una expresión más feliz de lo que me esperaba.

—Hay mucha gente encantadora en este barrio —dijo.

—¿Encantadora? —Tuve que reírme. Según mi visión, se había pasado un poco—. Bueno, supongo que son amistosos. Hay todo tipo de barrios en Tokio, no como en el pueblo en el que nací.

—¿De dónde eres? —me preguntó mirándome.

—Ah, soy de Wakayama. Pero vivíamos cerca de la ciudad, así que no teníamos mucha relación con los de allí.

Me estaba mirando con cierta intensidad justo cuando una madre y su hijo cruzaron por delante de nosotros, mientras el pequeño gritaba «¡Tengo caca!», por lo que sujeté a Chinatsu del brazo y tiré un poco de ella para que no se chocaran.

—Ay, perdona —dijo.

—¿Pasa algo?

—¿Por qué?

—Estabas muy centrada en lo que te decía.

—Ah, claro, es que me interesa.

—¿Te interesa saber de dónde soy?

Supuse que lo que le interesaba era conocerme, porque hasta aquel momento no me había hecho ninguna pregunta personal. Sin embargo, en vez de contestarme, me lanzó otra pregunta.

—Shūichi, ¿por qué viniste a Tokio?

—Ah, es que quería ir a la universidad aquí.

Si bien le había dado una respuesta sencilla, me seguía mirando como si esperara a que le contara algo más.

—No tengo muy buenos padres. Mi padre es el peor de los dos. Cuando el bar que regentaba de vez en cuando generaba beneficios y a él le iba bien, llevaba una vida salvaje, depravada. Empezó cuando yo era pequeño, y yo quería distanciarme de todo eso. Era de esos padres que llevan a su hijo que no se entera de nada cada vez que va a casa de su amante. Supongo que su idea era que le saldría mejor la jugada si me llevaba con él. La cuestión es que me hacía esperar fuera mientras se acostaba con la mujer, daba igual si era pleno verano y me quemaba bajo el sol.

Me eché a reír al recordar aquellos días y noté la amargura que crecía en mi interior. Me distraje soñando despierto, preguntándome qué habría sido de mi vida si hubiera nacido por allí, rodeado de la calidez de aquel barrio de tiendecitas y mercados, de vecinos tan amables. Quizá no habría acabado tan mal.

—La casa cochambrosa de su novia parecía olvidada por todo el mundo, y las de al lado estaban todas igual. Era una zona desolada. Por aquel entonces teníamos dinero, y cuando me llevaba allí me ponía a pensar que también existían los sitios así de horribles. Recuerdo que me ponía triste sin saber por qué.

Pensar en aquel periodo de mi vida, uno que ya casi había olvidado, me puso de mal humor. Fue como si volviera a ser aquel niño pequeño, abandonado en una calle solitaria, con el calor del sol asándome la nuca a fuego lento. La desesperación, el no saber qué hacer. Lo único que me quedaba era esperar a que volviera mi padre.

—Y bueno, no tenía por qué haber venido a Tokio en concreto, solo tenía que irme de casa. Al ya no estar yo, mis padres fueron libres de hacer lo que quisieran, así que también se alegraron de ver que me iba.

Sin embargo, justo después de que me mudara, al bar que regentaba mi padre le había empezado a ir peor y por aquel entonces ya se estaba hundiendo. Teniendo en cuenta lo mal que lo había llevado, no debería sorprenderle a nadie; de hecho, hasta se podría decir que ya tocaba. Y yo cargaba con la peor parte de las repercusiones: todo apuntaba a que iba a necesitar otro trabajo a tiempo parcial para pagar la universidad y la vivienda durante el siguiente semestre.

Entonces me di cuenta de que Chinatsu me estaba mirando con una expresión adolorida, como si le diera lástima.

—Perdona, me he ido por las ramas —dije, pero ella negó con la cabeza nerviosa. Tenía que haberme vuelto loco para contarle todo aquello.

Pasó un buen rato sin decir nada más, hasta que vimos la entrada de la estación Nippori.

—Eh, Shūichi… No, no es nada… Perdona. Siento haberte hecho pensar en tan malos recuerdos.

—No te preocupes, si he sido yo el que ha sacado el tema. Es que llevo un tiempo de bajón y me pongo a desvariar.

Se me quedó mirando una vez más, como si buscara las palabras adecuadas. Me observaba con aquellos ojos preciosos y noté una calidez en el pecho que me hizo apartar la vista de pronto.

—Eh… Me alegro de que nos hayamos conocido, Shūichi. De verdad. Y no es solo por lo de nuestra vida anterior… De verdad quiero darte las gracias.

—No tienes por qué.

Y entonces, sin previo aviso, soltó en un grito agudo:

—¡Vamos a seguir sin ningún accidente!

—¿Eh?

—En el trabajo, nos obligan a decir eso después de la reunión de cada mañana, para que superemos otro día más sin ningún accidente en la fábrica. Creo que a los demás no les gusta, pero yo me lo paso muy bien cada mañana, es como un amuleto de buena suerte. Me anima y me ayuda a estar lista para hacerlo lo mejor que pueda.

—Ya veo —dije, aunque, por dentro, lo que pensaba era: *¿Eeeh?*

Aun así, tras unos segundos, empecé a entender a qué se refería. Seguro que creía que estaba alicaído y quería animarme.

—Tú también puedes decirlo si quieres.

—¿Yo?

Como ya estábamos delante de la estación, había bastante gente alrededor. Y, como ella se había puesto a gritar, algunos hasta nos miraban. ¿Cómo iba a ponerme a gritar así? Solo que ella seguía mirándome con una expresión entusiasta.

—Eh… ¿Vamos a seguir sin… ningún accidente?

—¿Puedes decirlo un poco más alto? Hazlo por mí.

—¡Vamos a seguir sin ningún accidente! —grité como un desquiciado. El oficinista que pasaba por delante de nosotros pegó un respingo y nos dedicó una mirada extrañada. Y sí, cuando uno se pone a gritar así en medio de la ciudad y en pleno invierno, los demás se sorprenden, normal.

—Así me gusta. ¿Cómo te sientes ahora? ¿A que estás mejor?

Me lo preguntó con tanta sinceridad que no pude decirle que solo estaba avergonzado y ya. Experimenté cierta sensación de paz, quizá por haber gritado tan alto, significaran lo que significasen las palabras en sí. Me recordó que casi nunca alzo la voz. La verdad, me parecía que eso generaba más problemas que otra cosa.

—Pues sí —dije. Me di cuenta de que estaba sonriendo—. Creo que sí.

—Me alegro mucho. —Soltó un gran suspiro, como si hubiera cumplido con algo importante—. Bueno, aquí me quedo yo —añadió y, antes de que me diera cuenta, ya se había marchado y me había quedado solo delante de la estación.

Noté el gélido viento que me rozaba la nariz mientras la veía marcharse, asombrado. Y entonces estornudé.

Una tarde, pocos días después de lo de la estación, fui al café Torunka para trabajar después de salir del campus y vi a un adolescente alto delante de la puerta.

Se trataba de Kōta, un alumno de instituto que vivía en el barrio. A juzgar por el bléiser azul marino que llevaba, parte del uniforme del instituto, parecía que acababa de salir de allí para volver a casa.

—¿Qué haces?

Cuando le hice la pregunta, se volvió y me dedicó una pequeña reverencia.

—Ah, hola.

Parecía un chico alegre y sociable, de esos que siempre son el alma de la fiesta en el instituto; seguro que fue muy travieso de pequeño. Aunque ya estaba en el último año de instituto, las mujeres del vecindario lo seguían llamando «pequeño terremoto».

—¿Y qué haces ahí plantado?

—Espero a Shizuku. Aunque parece que no sale.

—¿Ah, sí? ¿Y hay algún motivo por el que la esperes aquí delante de la cafetería?

—¿Cómo qué motivo? ¿No sabes qué día es? —Kōta me insistió para que respondiera con una expresión exasperada.

—¿Qué dices? ¿Qué día es?

—¡Hoy es catorce de febrero! Es San Valentín. ¿Cómo puede ser que no lo sepas? ¿Te falta un tornillo o algo?

—Ah —dije al entenderlo por fin—. Conque por eso la esperas.

Shizuku y Kōta eran amigos desde pequeños, porque habían ido a la escuela juntos desde preescolar hasta el instituto. Además, a Kōta le hacía tilín Shizuku desde entonces, por eso se le solía ver sufriendo los mangoneos de ella.

—¿Es que no te va ese día o qué?

—¿San Valentín? No me interesan mucho esas cosas, la verdad. Además, todo eso de que una mujer le regale bombones al hombre que le gusta empezó como una artimaña de la industria chocolatera.

—¿Una artimaña? Menudo romanticón estás hecho, ¿no? Ya me contaba Shizuku que últimamente llevas una vida más tranquila.

—¿Eso dice?

—Sí, a lo mejor es que te falta el vigor de la juventud. Tendrías que comer más carne.

—No sé qué tendrá que ver eso.

En lo que debatíamos el problema, Shizuku salió con el delantal puesto sobre el uniforme del instituto.

—Toma, anda —le dijo con voz altiva, extendiéndole lo que parecía ser una caja envuelta con un papel de regalo estridente que había comprado en la zona.

Kōta lo aceptó con timidez y, tras inspeccionarlo de cerca, asintió.

—Acepto los frutos de tu amor —dijo.

Y, tras no hacer ni caso de la respuesta de ella («¡Qué va a ser amor!»), se despidió y se marchó hacia el mercado.

Hasta ahí el momento romántico, vaya. Quizá es que las relaciones son así cuando las forman unos amigos de la infancia.

—¿Quién es el poco romántico ahora? —murmuré en lo que me metía en la cafetería, ya cálida por la calefacción.

—Si no le doy nada, se queja. Es un incordio, lleva tres años dándome la lata. Mira, cuando estaba en primero de secundaria, se me olvidó darle un regalo y todavía me lo recuerda —me explicó con frialdad, rascándose sin ganas el muslo que le sobresalía de la falda a cuadros de su uniforme.

—¿Y si te dejas de preocupar por los amoríos de los demás y te pones a pensar en tu situación?

—No estoy para esas cosas. Estoy ocupada con la cafetería y tengo más cosas que hacer.

Por lo que sucedía con la familia de Shizuku, el propietario y ella vivían solos (había oído que su madre estaba en otro país), así que ella cargaba con la responsabilidad de las tareas de la casa. A pesar de que no podía beber café y seguía teniendo ciertas características infantiles, era una muchacha increíble.

—Pero bueno, aquí lo importante es que seguro que Chinatsu se pasa por aquí, ¿verdad?

—¿Y eso? Si no es domingo.

—Venga ya, que es de cajón. Va a venir a traerte bombones, y seguro que unos que habrá preparado ella misma. Parece que se le dan bien esas cosas, debe de ser muy buena cocinera.

Ni se me había pasado por la cabeza hasta que ella lo mencionó. Chinatsu y yo no éramos un par de críos enamoradizos con miedo a expresar lo que sentíamos; estaba seguro de que mi compañera se equivocaba. Aun así, me tomó tan desprevenido que se me quebró la voz cuando intenté responder.

—No puedes sacar esas conclusiones así como así.

—No me cabe la menor duda. La tienes loquita —insistió ella, llena de confianza.

Hacía tan solo unos instantes, cuando le había dicho a Kōta que el Día de San Valentín no me interesaba lo más mínimo, no era una excusa por no tener con quién pasar el día, sino que de verdad nunca he entendido qué sentido tiene la fiesta. Supongo que es porque, desde pequeño, nunca me he hecho muchas ilusiones con esos temas.

No obstante, después de que Shizuku declarara que Chinatsu estaba enamorada de mí, me costó recobrar la compostura. Me la empecé a imaginar pasándose por la cafetería para darme sus bombones caseros, con su sonrisa tímida. Con las mejillas sonrojadas, jugueteando con el flequillo.

La imagen me calmó. Volví a ser un niño pequeño, con la mirada fija en las páginas de mi libro favorito.

—Oye, Sylvie, en realidad te mueres de ganas, ¿eh? —me dijo Shizuku con una sonrisita traviesa, como si me leyera la mente.

—¿Quién es Sylvie? Y no me muero de ganas de nada, no.

—Va, que no tienes por qué ocultarme nada. Si yo la apoyo desde el principio. Me alegro de que ahora te guste a ti también.

—Que no me gusta —negué de inmediato.

—Claro, claro —me dijo ella sin hacerme ni caso.

Y Chinatsu seguía sin pasarse por allí.

Al anochecer, sonaron las campanillas de la puerta, solo que no fue ella quien entró. *Qué rápido se hace de noche en invierno*, pensé. *El cielo se pone oscuro y le da igual todo.* Si bien seguí trabajando e hice como si nada, por dentro estaba hecho un manojo de nervios. Y todo por culpa de lo que me había dicho Shizuku. Maldecía a la representante del café Torunka.

Poco después de las seis, la puerta volvió a abrirse y oí la voz de una joven que saludaba. Shizuku y yo nos volvimos para mirarla al mismo tiempo.

—Ay, no, ¿esa es Ayako? —preguntó mi compañera, sin hacer ningún intento por esconder su decepción.

Ayako vivía cerca y trabajaba en la floristería del mercado. En contraste con la clientela del café Torunka, más que nada de mediana o tercera edad, ella era una clienta fuera de lo común: joven. Era una chica graciosa y amable; el problema era que, por desgracia, no era a quien esperábamos.

—¿Qué mosca os ha picado? ¿No me queréis aquí o qué?

—Eso díselo a él. —Shizuku intentó culparme.

—No, no, no es eso, claro que no —negué nervioso.

—¿Qué pasa? Qué raros estáis hoy. ¿No conocéis el dicho «llamad, y se os abrirá»?

—No —contestamos al unísono.

Ayako tenía la costumbre de anotarse citas en un cuaderno y las recitaba cada vez que se le presentaba la oportunidad. Se consideraba una fanática de las frases célebres y era evidente que había acumulado bastante información al respecto, aunque a mí me daba la sensación de que algo no terminaba de encajar en la forma en la que las usaba.

—Qué recibimiento más frío, y eso que fuera está nevando.

—Espera, ¿se ha puesto a nevar? —solté, sorprendido por el anuncio de Ayako.

—Por el momento solo un poco, pero tiene pinta de que va a seguir nevando toda la noche.

Cuando abrí la ventana para echar un vistazo a la calle Torunka, vi que tenía razón. Si bien no caía tanta cantidad como para ir acumulándose, varios copos de nieve revoloteaban desde lo alto, blancos en contraste con el cielo oscuro. Ahí sí me dije que ya no iba a venir a la cafetería, que no tenía ningún motivo por el que esperar que así fuera.

En lo que yo reflexionaba sobre la pena, Ayako soltó otra de sus frasecitas.

—Ay, hace un frío que pela —empezó—. Voy a beberme el café y a volver a casa corriendo. Al fin y al cabo, «la vida no es solo respirar, sino actuar», ¿me entendéis?

Por fin dieron las nueve, la hora de cerrar. Y en la calle seguía nevando.

—Supongo que al final no va a venir.

Hasta Shizuku tuvo que admitir que no iba a venir, aunque, según lo preparábamos todo para cerrar, no la vi convencida del todo.

—No te desanimes. Seguro que ha tenido lío en el trabajo o algo. O quizá, como en la otra vida tuvisteis el papel contrario y tú eras la mujer y ella, el hombre, estaba esperando a que tú le dieras los bombones.

A lo mejor sí. ¿Debería haberle llevado bombones a Chinatsu? Si fuera así, podría ir a comprarlos a primera hora de la mañana y... Pero no, no podía ser. En San Valentín, las mujeres les regalan bombones a los hombres. Y un mes después, durante el día blanco, se hace lo contrario. ¿Por qué iba a mezclarlo ella? Debía de estar tan cansado de haber pasado el día esperando que se me nublaban los pensamientos y empezaba a tragarme el razonamiento absurdo de mi compañera.

Fue entonces cuando oímos las campanillas de la puerta.

—¿Aún tenéis abierto? ¿Puedo pasar?

Se me paró el corazón. Vi una mano sujetando un paraguas azul claro detrás de la puerta, además del rostro que se asomaba por debajo, casi sin aliento, que pertenecía a la persona a la que llevaba todo el día esperando. No podía ser otra que Chinatsu Yukimura. En cuanto Shizuku la reconoció, se emocionó tantísimo que se puso a gritar como un pescador que acababa de atrapar a un pez enorme.

—Ay, Chinatsu, ¿qué pasa? —El propietario, que había logrado superar el día sin enterarse de que era San Valentín, se asomó desde detrás de la barra.

—Perdone, ahora mismo me marcho, pero ¿puedo pasar un momentito? —preguntó con timidez.

—Por mí, ningún problema, pero... —repuso, aunque parecía extrañado.

—Gracias, muchas gracias. Esto... Shūichi —me llamó, volviéndose hacia mí y acercándoseme casi corriendo.

Parecía que había llegado corriendo bajo la nieve, porque su cabello de corte elegante estaba todo enredado y unos copos le relucían en los hombros y en el color oscuro de la melena mientras se derretían. No pude apartar la mirada. Bajo la luz anaranjada de las lámparas, la nieve quedaba preciosa como unas joyas.

—He tenido que quedarme en el trabajo hasta tarde, pero… te he traído unos bombones, si te parece bien… —Sostuvo una bolsa de papel, nerviosa, para que yo la aceptara. Casi parecía una niña pequeña con miedo a que la fueran a reñir.

—Ah, muchas gracias.

Entonces me di cuenta de que me estaba frotando la oreja sin querer, tal como ella me había señalado; es una costumbre que tengo desde siempre, algo que hago cuando me entra la vergüenza. Y eso significaba que ella sabía de sobra que estaba avergonzado en aquel momento. Aun así, parecía que no debía preocuparme tanto por ello, porque ella estaba en su mundo, tirándose del flequillo por los nervios.

—Los he preparado esta mañana, pero no han salido bien. Se han deformado todos. Si no te gustan, no te sientas mal por tirarlos a la basura.

—No, no, me los comeré. Muchísimas gracias.

Cuando le expresé mi más sincero agradecimiento, se puso tan roja que me hizo gracia. Para esconderlo, se tiró del flequillo con semejante fuerza que me preocupó que fuera a arrancárselo.

En contra de lo que me había esperado, ni siquiera el verla llegar, bombones en mano, me proporcionó ninguna paz. Todo lo contrario: me sentía abrumado, más nervioso que antes. La delicada mano con la que se tocaba el pelo parecía fría y me entraron ganas de darle la mía para ayudarla a entrar en calor.

Cuando la miré de reojo, vi que mi compañera asentía y tenía la expresión de estar a punto de decir: «Sabía que iba a pasar».

Todos aquellos sucesos se fueron acumulando como la nieve que cayó aquella noche y, para cuando llegó el final del invierno, estaba claro que nuestra relación había cambiado. Me costaba creer que nos hubiéramos conocido justo antes de Nochevieja, con el poco tiempo que hacía de aquello.

Sin que yo me diera cuenta, habíamos tomado la costumbre de irnos juntos cada domingo.

Aunque digo «juntos», más bien solo íbamos hasta la estación, tampoco era para tanto. Charlábamos un poquito por el camino y ya está.

Un domingo, se puso a hablar con pasión sobre lo mucho que le gustaba el personaje de Matthew, el padre adoptivo en *Ana la de Tejas Verdes*, uno de sus libros favoritos.

—Matthew es tímido y trabajador y amable. Cuida de Ana, como si siempre fuera a estar ahí para protegerla. Es de esas personas que se hacen querer.

No podía decir que conociera muy bien el personaje en sí, pero sí que noté cuánto lo quería ella.

Otro domingo, le enseñé a encontrar gatos callejeros porque sabía cuánto le gustaban. Se volvió hacia unos que estaban sentados sobre una valla y en el cobertizo de la casa de alguien, fulminándonos con la mirada, y se presentó con una reverencia muy sincera.

—Encantada de conoceros —les dijo. Yo me eché a reír.

Conforme se seguían sucediendo los domingos, fui conociéndola cada vez más. Puede que a la mayoría les pareciera que estábamos tardando muchísimo en conocernos, y sí, desde luego hay formas mucho más sencillas de que dos personas entablen una relación. Pero para nosotros (o al menos para mí) parecía lo más apropiado.

A juzgar por todo lo que iba averiguando sobre ella, Chinatsu Yukimura era una mujer seria, humilde y un poco torpe. No le guardaba rencor a nadie, nunca criticaba ni insultaba y tampoco juzgaba las situaciones desde un solo punto de vista sesgado.

Estar con ella me hacía sentir que podía llegar a ser mejor persona. Cuando estábamos juntos, me daba la sensación de que podía estar en paz con el resto del mundo, porque yo siempre lo miraba todo con ojos de sospecha, pero ella era lo contrario y observaba con total claridad. Me daba un poco de envidia, sinceramente, aunque también me parecía maravilloso.

A medida que me iba quedando más prendado de Chinatsu, mi apego a Megumi iba disipándose cada vez más. Si bien era mi exnovia, de vez en cuando notaba una punzadita en el corazón al pensar en nuestra relación.

Con aquel nuevo inicio, otra cosa llegaba a su fin en silencio. A lo largo del final del invierno, tuve la corazonada de que tanto la felicidad como la tristeza me estaban esperando.

Aun así…

Poco después de la primera mitad de marzo, Shizuku me sorprendió al decirme que estaba preocupada.

—Oye, no le habrás dicho nada raro a Chinatsu, ¿no? Cuando vino la semana pasada, parecía un poco triste, ¿no crees?

No daba crédito; de verdad había creído que todo iba bien entre nosotros. Si bien no habíamos hablado mucho, ella era bastante callada, de modo que no noté nada distinto.

—O sea, ni siquiera quiso hablar sobre Sylvie y Etienne.

—Pues mira, a mí me pareció algo positivo —dije con una carcajada, pensando en que Shizuku seguía aferrándose a aquella primera impresión de Chinatsu. Sin embargo, era culpa de la imaginación tan viva que tenía; por mi parte, yo ya me había olvidado.

Si no había hablado de ello era porque ya no le hacían falta aquellas tonterías para que le dedicara mi atención.

—Eh…

Mi explicación no pareció convencerla mucho.

—No es solo eso. Es que la vi como deprimida, como si le estuviera dando vueltas a algo. Por eso creía que a lo mejor tú le habías dicho algo.

Negué con la cabeza. A decir verdad, la semana siguiente planeaba preguntarle si quería salir conmigo.

Sí, exacto. Por muy lento que fuera, por fin decidí que había llegado el momento de dar el siguiente paso. O, mejor dicho, me había dado cuenta de que el poco tiempo que pasaba con ella los domingos ya no me bastaba. Fue por ello que pensé en valerme del día blanco como excusa para invitarla a salir, aunque aún lo estaba planeando todo. No le había dicho ni mu a nadie.

—¿Ah, no? Supongo que todo estará bien, entonces.

Al fin la convencí de que quizá se lo había imaginado todo. Luego cambiamos de tema, dejé de pensar en ello y me acabé olvidando del lío.

El siguiente domingo estaba más nervioso que de costumbre. Por ello, en cuanto salimos de la calle Torunka y llegamos a la del mercado, opté por pedírselo de inmediato, sin ni siquiera pararme a ver qué estado de ánimo me parecía que tenía.

—¿Por qué no salimos juntos algún día?

Y la expresión que le vi fue lo contrario a lo que me había esperado.

Porque era evidente que estaba incómoda.

—Ah, es que, eh… —Chinatsu bajó la mirada y se removió nerviosa. No me habría molestado si todo aquello se debiera a la timidez, pero no era nada de eso. Estaba preocupada.

—Lo siento si te he puesto incómoda —dije nervioso.

—No, no es eso. —Sin embargo, después de aquello, parecía incapaz de decir nada más.

A pesar de que por fuera mantenía la calma, por dentro estaba destrozado. Al pensar en la relación que nos habíamos labrado hasta el momento, había tenido una confianza plena en que iba a salir bien; ni se me había pasado por la cabeza que fuera a reaccionar así.

—Quería darte las gracias por los bombones, pero…

—¿Por los bombones? No, no, si te obligué a aceptarlos. Fue un acto egoísta, mi forma de darte las gracias por lo bien que me tratas siempre. No hace falta que me lo agradezcas…

Aquella respuesta tan ambigua me dejó más desanimado aún. Lo que para mí había sido un giro de los acontecimientos bastante dramático, ella lo tachaba de acto egoísta. ¿Qué diantres ocurría? La emoción que me había embargado todo el día desapareció por completo.

Seguimos así en lo que subíamos por la pendiente de Gotenzaka y llegamos a la estación sin decirnos nada más. Tras despedirnos sin muchas ganas, nos separamos y dejamos un silencio incómodo entre nosotros.

Acabé pasando la semana siguiente dándole vueltas a mi enorme decepción, a mis remordimientos.

¿Qué había hecho mal?

¿Por qué había reaccionado ella de forma tan rara?

Por muchas vueltas que le diera, no encontraba respuesta alguna.

Porque no había ninguna explicación. Visto desde fuera, no había ningún problema en nuestra relación. Aun así, en cuanto intenté acercarme más a ella, se distanció de mí.

¿Qué podría haber ocurrido?

Pasé una semana entera angustiado con todas aquellas preguntas, hasta el domingo siguiente.

En lo que salíamos de la cafetería, no tenía ni la más remota idea de qué decirle.

A pesar de lo ocurrido la semana anterior, Chinatsu Yukimura se presentó en la cafetería el domingo, como siempre, y, cuando se hizo de noche, se levantó de su silla y los dos nos fuimos juntos. Recorrimos la calle del mercado como de costumbre, con cierta incomodidad (o al menos así me sentía yo).

—Eh, Shūichi…

Habíamos llegado al final de la calle del mercado, hasta las pequeñas escaleras conocidas como los «Peldaños del Ocaso», cuando Chinatsu, que llevaba todo el camino callada, me llamó de repente.

—¿Tienes un momentito? Quiero hablarte de algo. —Bajó la cabeza y aferró las tiras del bolso con tanta fuerza que se le pusieron los dedos rojos.

—¿Qué pasa? —pregunté, incapaz de esconder que me temblaba la voz. Y me salió más aguda de la cuenta, además.

No tenía ni idea de qué me iba a decir. Lo único que me había dejado claro era que iba a ser importante y, sin lugar a dudas, no iba a ser una charla que me dejara más feliz precisamente.

Iluminada por la puesta de sol, Chinatsu se plantó con los labios tensos, observando la sombra que dejaba sobre la acera, y me parecía que estaba pensando cómo plantear el tema. En el mercado, todo estaba tranquilo y sonaba la misma música alegre de siempre por los altavoces.

La expresión seria de Chinatsu contrastaba con todo aquello.

—Vale —dije—. Vamos a otro sitio en el que estemos más cómodos.

—Gracias.

Fue caminando por delante de mí y nos llevó a un parquecito no muy lejos de allí, uno diminuto que solo tenía un intento de tobogán y un columpio. Si bien todavía brillaba el sol, las farolas del parque ya estaban encendidas. Menos de media hora después, seguro que la oscuridad lo cubriría todo.

La seguí un paso por detrás mientras nos conducía a un banco que había al lado del columpio. Por suerte, en aquella estación ya no hacía demasiado frío como para quedarnos en la calle a aquellas horas.

—¿Tienes frío?

—Estoy bien —repuso ella en voz baja cuando, por fin, alzó la vista—. Lo siento. No dejo de aprovecharme de ti. Y pensar que incluso te he presionado hasta que me pediste salir…

¿Que me presionó? ¿Así lo veía ella? Si no había sido para tanto. Cuando dejé caer los hombros por la decepción, me dijo algo que me sorprendió más aún.

—Pero esta va a ser la última vez…

—¿Cómo que la última vez?

La voz me salió demasiado alta para aquel parquecito tan pequeño.

—Cuando oigas lo que te tengo que decir, seguro que no quieres volver a verme. Por eso he decidido que esta será la última vez que voy al café Torunka.

¿Por qué sentía la necesidad de hacer algo tan drástico? ¿Acaso me estaba ocultando un secreto de lo más turbio? Aun así, no teníamos una relación tan cercana todavía como para que pudiera albergar algo así.

—Te mentí —dijo, centrando toda su atención en sus manos, con las que se aferraba las piernas con fuerza, justo por encima de las rodillas.

—¿Cómo que me mentiste?

—Sí, sobre lo de que nos conocemos de otra vida.

Lo cargado que estaba el ambiente pasó al olvido de inmediato y me entraron ganas de echarme a reír. Si aquel era el único problema, era algo que ya sabía desde hacía tiempo; lo que me preocupaba era que ella no fuera consciente de que era mentira. Estaba a punto de quedarme tranquilo por fin cuando me dijo algo que no esperaba.

—Estuvo muy mal. Aunque sí que es verdad que nos conocemos de antes. Me decía que tenía que contártelo, pero es que no me atrevía, y al final lo he ido posponiendo una y otra vez. Lo siento mucho, de verdad.

—Creo que no te entiendo.

—Nos conocimos cuando éramos pequeños.

—¿Cómo?

Le busqué la mirada por si me daba alguna pista, y ella alzó la vista para mirarme. El sol ya se estaba poniendo y el brillo de las farolas hacía que el rostro de Chinatsu adquiriera un tono más pálido. A lo lejos, un perro soltó un ladrido.

—Tú mismo me lo contaste. Lo de que tu padre te llevaba a casa de aquella mujer.

—Ah, sí, supongo…

—Yo también estaba.

—¿Tú?

—Pues sí. ¿Cuánto recuerdas de aquellos días?

—Supongo que no mucho. Solo que me llevaba mucho a aquella casa.

Creo que por aquel entonces tenía unos cuatro años. Y en el fondo sabía que había experimentado todo aquello, solo que me era imposible recordar todos los detalles.

—Vaya… Eras mucho más pequeño que yo y seguro que no quieres acordarte de todo, es normal. Pero yo también estaba. Porque aquella mujer era mi madre.

Me la quedé mirando anonadado. Me era imposible creérmelo. ¿Cómo podía ser? ¿De verdad era la hija de la amante de mi padre? Pero si nos habíamos conocido en Tokio por pura casualidad hacía poco. Aunque no, porque entonces me dijo que no había sido así.

—No fue por casualidad. Llevaba bastante tiempo buscándote.

—¿Cómo? ¿Por qué? —pregunté, incapaz de esconder mi confusión.

—Es que quería verte —respondió sin dudarlo.

Me advirtió de que era una larga historia, que esperaba que no me molestara, y se dispuso a contármelo todo.

—Como hija, debo decir que mi madre era bastante libertina. No siempre lo fue, pero, desde que mis padres se divorciaron, su vida dio un giro de ciento ochenta grados. Llevaba a muchos hombres a casa. Y, si ellos no parecían quererla, se ponía tan ansiosa que no lo soportaba. En retrospectiva, me imagino que sufría alguna enfermedad mental.

»Puede que tú no te acuerdes de aquellos días, Shūichi, pero yo sí. Tu padre te traía de la mano a la casa en la que vivíamos las dos y, cuando mi madre hacía pasar a tu padre, me decía que me quedara fuera esperando contigo. De pequeña era muy tímida y me costó abrirme, pero al verte allí esperando, a punto de echarte a llorar, no pude más. Auné fuerzas e intenté hablar contigo. Y supongo que funcionó, porque poco a poco nos hicimos amigos.

»En aquel entonces ya eras precioso. Hasta me puse a pensar que mi vida sería así si tuviera un hermano menor; la idea me hizo gracia. Los dos nos poníamos a dibujar con tiza en la calle delante de casa y salíamos a explorar la zanja para ver el agua de lluvia que había por allí. Me ibas siguiendo y yo me decía que era como tu hermana mayor, así que decidí que iba a ser yo quien te protegiera.

»En aquellos tiempos me pasaba el día soñando despierta. Como me gustaba mucho leer, me perdía en mi imaginación y acababa creyéndome que las historias me habían sucedido a mí en la vida real. Eran cosas como que mi padre era un millonario que había tenido que irse por trabajo y que pronto iba a volver a verme a casa…, o que había un túnel secreto en nuestro jardín que llevaba a otro mundo. Un día te conté una de esas historias, cuando te cansaste tanto de esperar a tu padre que te pusiste a llorar, y creo que te gustó mucho. Después de eso, siempre me incordiabas para que te contara otra. Me metí tanto en el papel que cada noche, cuando me acostaba, pasaba todo el rato que podía pensando en una historia tras otra para poder contártela la próxima vez que nos viéramos. Es una tontería, pero es que me hacía tan feliz verte sonreír…

Me miró de reojo, soltó una risita y esbozó una sonrisa amable. Una ligera brisa le acarició el rostro, le meció el flequillo, y ahí fue cuando me di cuenta de que no era la primera vez que me dedicaba aquella sonrisa tan cálida.

Fue como si pudiera ver dentro de mí al niño pequeño que fui. Sin embargo, la sonrisa existió tan solo por un momento antes de desaparecer.

—Mi madre me dijo: «Qué bien te cae ese chico, ¿eh?» —Se echó a reír—. Y luego me contó que quizá dentro de poco ibas a ser mi hermano pequeño de verdad. Cuando lo oí, no pude contener la emoción, porque me parecía maravilloso. Tener un padre nuevo y un hermanito iba a ser el comienzo de una vida maravillosa, solo de pensar en ello ya me entraban ganas de salir a bailar a la calle.

Otra brisa le agitó el flequillo de nuevo.

—Aun así, al final del otoño de aquel año, tu padre dejó de ir a casa. Y eso significó que tú tampoco volviste. Una vez le pregunté por el tema a mi madre, así disimuladamente, y se puso muy violenta. Después de eso no volvió a hablar de ello y yo dejé de preguntárselo.

Llegada a aquel punto de la historia, Chinatsu se quedó callada unos segundos, hasta que soltó un ligero suspiro. Parecía cargar con un enorme peso encima.

Solo estábamos los dos en el parque y la zona permanecía en silencio, acompañada de las estrellas que relucían en el cielo nocturno. Nos llegaba el sonido de los coches que pasaban lejos, en forma de un ligero zumbido, y el perro de antes volvió a ladrar.

—Todo eso es verdad…, ¿no? —No pude evitar preguntárselo para asegurarme.

—Sí, sí que lo es. Te lo juro.

—¿En serio?

Rebusqué entre mis recuerdos, intentando evocar aquel periodo de mi vida, y no fui capaz. Estaba seguro de que allí me hice amigo de alguien más o menos de mi edad y me sonaba que era una niña, pero, más allá de eso, no recordaba nada. Era como si aquellos recuerdos hubieran quedado encerrados y solo me llegaran imágenes borrosas.

Me puse de muy mal humor: la historia que me acababa de contar, si de verdad era cierta, también era dolorosa para mí. Porque, al final, todo era culpa de mi padre. ¿Cómo se sintió ella cuando, después de esperar y soñar con tener una nueva familia con su madre, mi padre la traicionó? Menuda decepción se debió de haber llevado. ¿Cómo pudo mi padre ser tan ruin?

A lo mejor me leyó la mente, porque la vi negar con la cabeza.

—No fue culpa solo de tu padre, creo que mi madre también tenía sus motivos egoístas. Al fin y al cabo, tu padre no era el único que pasaba por casa. Y, en el fondo, creo que yo ya me olía que no iba a salir bien. Mi madre era una persona débil.

Solo fui capaz de asentir sin decir nada.

—Y un día, hace dos años, mucho después de aquel entonces, después de que mi madre llevara bastante tiempo enferma tanto física como mentalmente, cuando supimos que no le quedaba mucho tiempo, le volví a preguntar por tu padre. Sabía que si no se lo preguntaba entonces no iba a tener otra oportunidad. Mi madre se rio y me preguntó que si de verdad quería saber algo de hacía tantísimo tiempo, pero me contestó. Me dijo que había estado trabajando en el bar de tu padre y que fueron entablando una relación.

»Una noche, fui a aquel bar. Solo quería saber una cosa: si estabas bien o no, nada más. Le expliqué a tu padre que era amiga tuya y le pregunté qué era de ti, así averigüé que te habías ido a vivir a Tokio y trabajabas en una cafetería de un barrio llamado Yanaka. En cuanto me enteré, supe que había hecho lo correcto al armarme de valentía para ir a ver a tu padre, porque así pude ver que al niño por el que tanto me había preocupado le iba bien, aunque fuera en una ciudad lejana.

—¿Quieres decir que viniste a Tokio para verme? —interpuse.

Chinatsu se llevó una mano al flequillo y asintió.

—Supongo que sí —murmuró—. Al principio ni se me pasó por la cabeza, pero, como te decía, mi madre falleció por aquel entonces. Ya no tenía ningún motivo por el que quedarme donde estaba y pensé en visitar Tokio, porque además tú estabas aquí. En retrospectiva, no tengo muchos recuerdos que me hagan sonreír como esos. Ese periodo de mi vida es un recuerdo muy preciado.

»No sé cómo explicarte la fuerza que me daban esos recuerdos cuando todo se torcía… No me lo tuve que pensar mucho, me decidí sin darme cuenta. En aquel entonces me pareció que, si venía aquí, quizá cambiaba todo…

Después de aquello, según me dijo, vino a Tokio sola, casi sin llevarse nada consigo. La suerte le sonrió y encontró trabajo en una fábrica nueva de la zona, hacía menos de un año.

—Los domingos, que es el día que tengo libre en el trabajo, paseaba por el barrio. La verdad, no tenía muchas esperanzas de que fuéramos a encontrarnos: como bien vi nada más llegar, en el barrio hay un montón de cafeterías y, como la única pista que tenía era que estaba en Yanaka, no me imaginaba que tuviera muchas posibilidades de encontrarte. Además, nada me garantizaba que siguieras trabajando aquí. Aun así, recorría el barrio cada día libre y, cuando encontraba una cafetería nueva, entraba. Seguí así durante un año y el plan de encontrarte fue desapareciendo, hasta que el salir a pasear se convirtió en parte de mi rutina. Y entonces, al final del año pasado, por pura casualidad, y lo digo en serio, encontré el café Torunka...

Dejó de relatar la historia y me miró de reojo. Cuando nos encontramos con la mirada, volvió a bajar la vista.

—Entré y, al principio, no me di cuenta de que eras tú. Pensándolo bien, el Shūichi al que conocí era un niño pequeño y los recuerdos se me habían ido borrando después de tanto tiempo. Pero entonces me trajiste el café y, cuando nos miramos a la cara, todos esos recuerdos volvieron a mí, hasta el detalle más pequeñito. Sin querer, me puse a gritar: «¡Por fin te encuentro!». Creo que nunca había sido tan feliz como aquel día...

Lo recordaba a la perfección.

Y sí, en cuanto nos miramos a la cara, había soltado aquellas mismas palabras, con una expresión radiante.

—Pero creía que no podía contarte la verdad entonces, ni siquiera sabía si me recordabas o no. Además, creía que, si de verdad te acordabas, iba a ser un recuerdo doloroso para ti y no quería alterarte. Por encima de todo, me daba miedo que, si te enterabas de que había venido a Tokio a buscarte por el recuerdo de un breve periodo de nuestra infancia, fueras a pensar que era una acosadora o algo...

—¿Y por eso te inventaste lo de nuestra vida anterior?

Me estaba costando tanto encajar las piezas de su relato que se me escapó la pregunta sin querer.

Comprendía por qué no había querido contarme la verdad, porque, desde luego, no me habría alegrado mucho si me hubiera dicho por qué había venido nada más conocerla. Quizá hasta me habría enfadado con ella por desenterrar recuerdos dolorosos de mi niñez y habría intentado distanciarme de ella. Aun así, le tuve que preguntar por qué se había inventado aquella historia.

—Fue cosa del momento. Pensándolo ahora, me parece una soberana tontería, pero aquel día no se me ocurrió ninguna otra explicación. Se me da muy mal hablar...

Inspiró hondo, como si se hubiera centrado tanto en contarme la historia que se hubiera olvidado de respirar.

—Como te decía, cuando me valgo de la imaginación, no me cuesta nada contar historias. Después de que dejaras de venir, me inventé una en la que de verdad nos conocíamos de una vida anterior, así que íbamos a volver a vernos algún día porque el destino nos conectaba. Sí, seguramente estoy loca. Cuando se me ocurre una historia de esas, al final me la creo. Me paso el día pensando en cosas así para huir de la realidad patética en la que vivo...

»Vi lo extrañado que estabas por aquella historia absurda. Aun así, si contarte la verdad significaba que no iba a volver a verte, para mí era mejor que creyeras que estaba loca, siempre que pudiera seguir pasándome por allí. Y, a pesar de todo eso, me has tratado muy bien. Te has preocupado tanto por mí que me preguntaste si quería salir contigo. Sé que fui muy egoísta, pero a medida que la mentira iba creciendo, se me hacía más imposible de justificar y me dolía más mantenerla… Ahí decidí que no podía seguir engañándote, que tenía que poner fin a todo…

Mientras hablaba, la voz se le iba tornando más y más débil hasta casi desaparecer en un ligero susurro y, al final, dejar de sonar.

Pasamos un buen rato en silencio. Al fin supe que no me estaba mintiendo, me quedó muy claro durante su discurso, a trompicones pero sincero.

¿Qué se suponía que debía pensar después de oír todo aquello? ¿Estaba enfadado con ella? No, claro que no. Sin embargo, también me negué a decirle algo para reconfortarla. Al estar sentado a su lado, no pude mirarla de frente, por lo que mantuve la vista fija en el columpio vacío, que se mecía por la brisa.

—Eso es lo que quería contarte.

Ella fue la primera en decir algo. Luego inspiró hondo, se puso de pie, se volvió hacia mí y me dedicó una profunda reverencia.

—Siento mucho haberte quitado tanto tiempo, haberte obligado a escuchar esta historia tan desagradable. Lo entenderé si no puedes perdonarme. ¿Puedes, por favor, olvidar todo lo que te he contado? Y olvídame a mí también.

—Pero… —Aunque sabía que debía decirle algo, me interrumpió.

—Muchísimas gracias por todo lo que has hecho por mí. Puede que sea un poco atrevido por mi parte, pero, de todo corazón, rezo para que siempre seas feliz y goces de buena salud.

Nada más decirlo, se marchó sin esperar a que le contestara. Salió corriendo, directamente hacia la salida del parque y, en un instante, desapareció en la oscuridad de la noche. A solas en aquel sitio oscuro, no supe hacer nada más que quedarme en blanco.

—¿Qué ha...? —murmuré, medio enfadado, cuando ya no alcanzaba a verla. No pude hacer más.

—¿Qué? ¿Por qué?

El domingo de la semana siguiente, cuando le dije a Shizuku que quizá Chinatsu Yukimura no volvía a la cafetería, me miró extrañada.

—¿Cómo que no va a volver? ¿Qué le has dicho?

—Nada.

—¿Seguro?

—Seguro.

—Entonces, ¿por qué no va a volver? —preguntó Shizuku mirándome a la cara con expresión seria—. Es una locura. Tenía tantas ganas de verla...

—Fue ella quien tomó la decisión, no te miento.

Me dolió contárselo a Shizuku, pero tampoco podía guardármelo. Y sí, mientras miraba su expresión, vi que se le ensombrecía. Se volvió para pedirle ayuda a su padre, quien ocupaba su lugar de siempre, detrás de la barra.

—¿Y ya está, Shūichi? —me preguntó el propietario en voz más baja de lo normal.

Asentí en silencio; no tenía ganas de contarles nada más.

—Bueno, si la señorita Chinatsu así lo ha decidido, no podemos hacer nada. Es una cafetería, cada cual decide si quiere entrar o no, no es decisión nuestra. Shizuku, no te quedes ahí pasmada, ayuda a recoger, anda.

Si bien sonaba serio, también lo noté un poco triste. Después de que la hiciera volver en sí, mi compañera no parecía capaz de decir nada más: mantuvo la boca cerrada en lo que iba a enderezar las sillas de todas las mesas.

Durante todos los domingos siguientes, Chinatsu no se pasó por la cafetería. Ninguna bailarina más se pudo sumar a la caja de galletas de Shizuku, donde aún había menos de diez.

Marzo transcurrió como en un sueño.

Los cerezos florecieron en el cementerio de Yanaka y formaron un precioso túnel de flores rosa pálido; la calle del mercado se llenaba de gente que salía de las fiestas celebradas debajo de los cerezos. Según recorría el barrio, me daba la sensación de que habían pasado años desde que Chinatsu y yo paseamos juntos por allí, acompañados por el frío viento.

Aun así, cada domingo, Shizuku seguía esperando que Chinatsu viniera a vernos, hasta la llamó al móvil varias veces. Solo que siempre se topaba con el buzón de voz.

Cuando la miraba, me ponía a pensar qué diantres le ocurría. ¿Por qué se sentía así por una desconocida que había ido unas pocas veces a la cafetería de su padre? A pesar de que quise olvidarme de Chinatsu tan deprisa como pudiera, ver la decepción en el rostro de mi compañera semana tras semana significaba que no podía lograrlo, por mucho tiempo que pasara. ¿Qué debía hacer? De verdad que no tenía ni idea.

—Hoy tampoco ha venido.

Después de cerrar la cafetería, Shizuku se quedó mirando la lluvia primaveral por la ventana. Llevaba tres semanas así y, aunque yo nunca le contestaba, aquel día cedí y le hice una pregunta.

—Hace tiempo me dijiste que te recordaba a alguien. ¿A quién? ¿La conozco?

Una leve sonrisa apareció en los labios de Shizuku, quien negó con la cabeza, con lo que su larga coleta se meció de un lado a otro.

—No, no la conoces. Es alguien que murió hace mucho tiempo, así que ya no puedo estar con ella. Y era alguien a quien quería mucho. Pero eso da igual ya, solo me recordó a ella cuando la vi la primera vez. Ahora me cae bien por quien es ella misma, más allá de todo eso. Es curioso, ¿verdad? Hace un tiempo no la conocía y ahora un domingo sin ella me pone así de triste.

Conque se debía a aquello. Shizuku veía en Chinatsu el reflejo de una chica con la que se llevaba bien. No me lo habría imaginado nunca.

—¿Crees que estará bien?

Estaba apoyada contra el alféizar, observando la lluvia.

—¿Qué hará ahora los domingos? Espero que no los pase sola. Quizá no es de mi incumbencia, pero no quiero que se quede sola. No quiero que le pase eso a alguien que me importa.

Al oírla decir aquello, noté una fuerte punzada en el pecho.

No podía soportar esto de parte de una chica más joven que yo, no podía permitir que la representante del café Torunka me hiciera sentir así. Y, por encima de todo, no podía aceptar que todo fuera a acabar así de mal.

¿Qué estaría haciendo Chinatsu? ¿De verdad pasaba los domingos sola? Las veces que la había visto en la cafetería, las distintas expresiones que ponía (su sonrisa tímida, la manera que tenía de juguetear con el flequillo, la cara que puso al entrar corriendo en la cafetería, sin aliento mientras nevaba en la calle), volvieron a mis recuerdos de forma muy intensa antes de desaparecer.

—Te entiendo. Nadie quiere que alguien que le importa se sienta solo.

Le di unas palmaditas en la cabeza.

Y, cómo no, me apartó la mano de inmediato.

Cuando llegué a la fábrica, ya pasaban de las seis de la tarde. Había decidido ir a aquella hora adrede, porque había oído que era entonces cuando salía del trabajo. Un cerezo solitario se hallaba delante de la enorme fábrica y había perdido casi todos los pétalos, por lo que estos se agitaban por la brisa y me formaban unos arcos entre los pies.

Había ido hasta allí por una corazonada y, plantado delante de aquella opresiva puerta de hierro, me puse a pensar qué debía hacer a continuación. Sin embargo, tras un rato, un grupo de mujeres con pinta de trabajar allí salió del edificio, todas en fila. No abandonaron la formación en lo que se dirigían a otro edificio mediante un bien iluminado pasillo exterior.

Y ella estaba en el grupo. Vestida con su uniforme gris oscuro y un casco, iba encorvada por detrás de las demás, quienes charlaban despreocupadas.

Parecía muy pequeña en comparación. Pequeñísima.

Supuse que, si la llamaba desde donde estaba, iba a conseguir que las demás centraran su atención en ella y la pusieran incómoda. Aun así, mientras salía de debajo de la farola, no pude dejar de mirarla. Me quedé petrificado, viéndola de perfil, hasta que, de pronto, se volvió hacia mí y me encontró la mirada.

No, no, no. Solo que ya sabía que era demasiado tarde. Incluso desde tan lejos, la vi quedarse destrozada y se me acercó a toda prisa.

—Hola —la saludé, intentando sonar animado desde el otro lado de la puerta de hierro, pero estaba claro que ella estaba afectada.

—¿Qué… qué haces?

—Perdona que haya venido a molestarte aquí.

—Tranquilo, no pasa nada, pero ¿por qué has venido?

—¿No te acuerdas de que te fuiste corriendo en plena conversación? Quería hablar contigo.

—Ah, pues… Ya te dije todo lo que te tenía que decir.

—Puede que sí, pero yo también tengo que decirte algo. ¿Quieres ir a tomar algo? —le pregunté. Y, aunque parecía estar a punto de llorar, asintió.

Dado que todavía tenía que hacer horas extras, me indicó el restaurante familiar más cercano y me pidió que la esperara allí. Llegó pasadas las ocho y media, dos horas después, ya sin su uniforme gris y con un atuendo más femenino: una blusa blanca y una falda larga azul claro. Pensé que el nuevo atuendo le quedaba mejor.

—Perdona que te haya hecho esperar tanto.

—¿Has cenado ya? —le pregunté en lo que se sentaba, con la mirada gacha.

—Ah…, sí, he picado algo en el descanso.

—¿Quieres que vayamos a otro sitio, entonces?

—Vale, pero… ¿dónde?

—Al café Torunka. —En cuanto lo dije, se puso más nerviosa aún.

—Pero te dije que…

—¿Vamos yendo? Te invito a un café.

Conseguí que se pusiera de pie, casi a la fuerza, y nos fuimos del restaurante.

El cartel de cerrado ya colgaba de la puerta cuando la abrí y saludé en voz alta.

El propietario, que estaba allí fumando, soltó un gritito.

Tenía por costumbre fumarse un cigarro después de cerrar y de que su hija se fuera a casa, en la planta de arriba. A ella no le parecía muy bien que lo hiciera, porque se preocupaba por su salud.

Es decir, que cada vez que lo encontraba fumando se ponía hecha una furia.

—¿Te importaría dejarme el local un rato? —le pedí.

Si bien pareció sorprenderse de ver a Chinatsu detrás de mí, se puso contento.

—No te olvides de cerrar cuando os vayáis —me advirtió—. Y no digas nada de lo del cigarro, ¿eh? —dijo antes de esconder las pruebas metiendo la colilla en lo más hondo del cubo de basura y subir.

En la cafetería, la temperatura estaba perfecta, no hacía frío ni calor. La llevé a una mesa del centro y fui a prepararnos una taza de café a cada uno. En medio de aquel silencio (la banda sonora de Chopin que siempre nos acompañaba ya estaba apagada), el ruido de la cafetera eléctrica parecía sonar a mayor volumen que de costumbre.

Serví el café unos minutos después y di un sorbo para probarlo: estaba caliente y me dejó un regusto ligeramente amargo en lo que me bajaba por la garganta. No estaba nada mal, la verdad.

—Eh…

Después de llevarle el café a la mesa y sentarme en el lado opuesto, fue incapaz de seguir esperando.

—Dime.

—¿Estás enfadado conmigo?

—Sí que lo estoy —dije con firmeza—. Es por estar enfadado que he ido a verte.

Al oírlo, cerró los ojos con fuerza y agachó la cabeza, como si se preparara para recibir un castigo.

—No me malinterpretes: no me he enfadado por lo que me contaste. He necesitado tiempo para procesarlo, pero no es eso lo que me molesta.

Chinatsu abrió los ojos y, a juzgar por su expresión, no me estaba entendiendo. La insté a beberse el café antes de que se le enfriara.

—Lo que me molestó fue que, desde el principio, ya ibas con la idea de que no te iba a perdonar, de que no iba a entender por qué hiciste lo que hiciste. Antes de empezar a hablar, ya te habías cerrado en banda. Ya estabas decidida y luego saliste corriendo, eso fue lo que me molestó.

—Es que, eh… —Si bien intentaba contestarme, decidí seguir e interrumpirla, aunque me sintiera culpable por ello.

—Luego pensé en por qué me molestaba tanto. Y acabé dándome cuenta de que era porque soy igual que tú.

—¿En qué sentido? —Acababa de llevarse la taza de café a los labios, después de limitarse a sujetarla con ambas manos con educación, y se detuvo para hacerme la pregunta, sin saber muy bien qué derrotero iba a tomar la conversación.

—Te seré sincero: hace seis meses, me dejó la chica con la que estaba saliendo. La quería mucho y pretendía cuidar de ella, pero, cuando cortó conmigo, me dijo que nunca me había abierto con ella. Que siempre me contenía y dudaba, que me encerraba en mí mismo. Y me chocó mucho oírla decir eso. No me había dado cuenta, pero supongo que sí que lo hacía sin querer. Quizá en parte no entendía lo que era estar enamorado.

Era cierto. Creía que estaba cuidando de Megumi, solo que era un intento egoísta, porque ella no llegó a notarlo. Y, hasta el final, no me di cuenta de que estaba destrozando aquello que más atesoraba. Que me lo contara me tomó por sorpresa, pero mucho.

—Aquel día, tomaste la decisión unilateral de decir que iba a ser el último día que nos veíamos. Cuando no me dejaste contestarte en ningún momento, me puse muy triste. Me sentía apenado y vacío. Mucho después, se me pasó por la cabeza que yo le había hecho lo mismo a mi novia y por fin entendí lo que me quiso decir. A lo que voy es a que, aquel día en el parque, me pudo el enfado porque me mostraste cómo había sido yo también.

Después de decir todo aquello de una sola sentada, di un trago al café. A pesar de que acababa de servirlo, ya estaba casi tibio.

¿Cuánto tiempo hacía que no compartía lo que sentía y me exponía tanto?

Quizá era la primera vez en la vida, la verdad. Aunque sabía que no tenía mucho que ver con la persona que tenía delante y que podía estar confundiéndola, quería contarle lo que había sentido desde aquella noche. Y también ansiaba entender cómo se sentía ella. Por muy simple que pareciera, no había sido capaz de ello hasta entonces.

—Si te soy sincero, me alegró que me dijeras que fuiste a buscarme, que viniste hasta Tokio y has pasado un año de tu vida aquí solo para volver a verme. Me dio mucha ternura ver que había alguien que atesoraba sus recuerdos conmigo.

—¿No te pareció un poco de acosadora? Estaba segura de que ibas a verlo así…

Le temblaba la voz, como si no me creyera del todo.

—Bueno, me sorprendió, eso sí. Me sorprendió y me confundió, pero no me pareció algo propio de una acosadora. La historia que me contaste sobre nuestra vida anterior era mucho más espeluznante.

—Lo siento mucho. —A pesar de que había pretendido que fuera una broma, ella bajó la cabeza desanimada—. De verdad, perdóname.

Me puse nervioso y me apresuré a tranquilizarla.

—No, no pasa nada, no te preocupes. No tienes por qué pedirme perdón.

—Pero…

—No pasa nada, ahora entiendo por qué te pareció que debías decirme algo así. —Le sonreí—. De hecho, soy yo quien debería disculparse. Contigo y con tu madre.

—¿Cómo?

Me enderecé, hice a un lado la taza de café, con lo poco que quedaba de líquido oscuro, y la miré a los ojos.

—Siento mucho las cosas horribles que os hizo mi padre.

Tenía que disculparme por principios, por lo que había hecho él. Con todo el sentimiento que me cabía dentro, hice una reverencia tan baja que casi rocé la mesa con la nariz.

—No hace falta que... Mi madre y yo no culpamos a tu padre.

—Aun así, me siento culpable por lo que hizo.

—Quizá deberíamos darle las gracias. Al fin y al cabo, fue por él que pude conocerte, ¿no? Levanta la cabeza, por favor —me dijo, a punto de llorar—. Te seré sincera, yo también... —añadió dudosa—. No sabía si debía decírtelo o no, así que aquel día me lo guardé, pero tu padre fue a ver a mi madre al hospital muchas veces.

—¿En serio? —Lo que me contó tuvo un efecto inmediato y, sin pensar, me olvidé de la reverencia y alcé la vista.

—Te dije que fui al negocio de tu padre para hablar con él, pero no que supo quién era de inmediato. Me dijo que era clavadita a mi madre. Luego me preguntó cómo le iba... Como a mi madre no le quedaba mucho tiempo, se echó a llorar al verlo antes de morir. Además, cuando se enteró de que estábamos tan mal de dinero, nos ayudó a pagar el tratamiento y el coste del hospital. Hasta se disculpó y, cuando me dio el dinero, me dijo que era todo lo que tenía por el momento.

»Intenté negarme, pero me insistió y me aseguró que iría a conseguir más. Al final, acepté lo que nos ofrecía y se lo agradecí muchísimo.

—Mira tú...

Lo que me contó fue la segunda gran sorpresa del día. Quizá malinterpretó la cara de preocupación que puse, porque dejó caer los hombros.

—Seguramente fue por eso que tu padre no pudo pagarte la matrícula de la universidad. Cuando consiga la cantidad exacta, se lo pienso devolver todo, no te preocupes.

—No, no me refería a eso. O sea, incluso si esa fuera la razón, no me molestaría, así que no hace falta que le devuelvas nada. Creo que el que me lo hayas contado me ha ayudado, ahora veo que no es un desalmado y, si ayudó a tu madre aunque sea un poquito, me siento mejor. La verdad, hasta que me lo has contado, mi idea era dejar de hablar con él del todo.

Pareció dudar otra vez antes de decir algo que no me habría visto venir en la vida.

—Me dijo que nunca se perdonará por cómo te trató. Y que, aunque quería disculparse, estaba demasiado avergonzado por lo que hizo.

Lo que me decía seguía siendo tan inesperado que me hizo echarme atrás para darle vueltas.

Mi resentimiento no desapareció del todo, ni mucho menos, pero sí que noté que se aligeraba el peso que cargaba en los hombros.

—Vale, pues la próxima vez que lo veamos, vamos y le damos un puñetazo en la cara, ¿qué te parece?

—¿Eh? O sea, la violencia sería…

—Es broma —dije riéndome, al verla tan nerviosa como me esperaba—. Aunque creo que estaríamos en pleno derecho de hacerlo.

—Aun así, pegarle a alguien…

—No lo haré, tranquila. Yo también odio la violencia. Lo que sí haré será tener una buena charla con él algún día, que de nada me sirve intentar huir de él toda la vida.

Y solo pude darme cuenta de ello gracias a la mujer que tenía delante, la que me enseñó que no podía seguir evitando aquello a lo que no quería enfrentarme. Por descontado, si se lo hubiera dicho, seguro que me habría mirado sin saber qué decir.

Se estaba haciendo tarde: las agujas del reloj de péndulo de la pared ya marcaban pasadas las diez. No podía seguir entreteniéndola mucho, porque sabía que al día siguiente madrugaba.

—Perdona, la conversación ha dado un giro raro. Sé que deberías irte pronto, pero antes, aunque quizá me equivoque, quería preguntarte una cosa más.

—Ah, ¿qué...? ¿Qué quieres preguntarme? —Se enderezó, una vez más nerviosa por lo que estaba a punto de decirle.

Si bien no recordaba gran cosa de aquellos días, una palabra me había vuelto a la mente y quería ver si tenía razón o no.

—¿Cabe la posibilidad de que en aquellos tiempos te llamara «Chi-chan»?

En cuanto pronuncié el apodo, se sobresaltó y luego puso los ojos como platos hasta que se tapó la cara. Fue tan repentino que le pregunté si le había dicho algo malo, pero, tras una pausa, me contestó:

—Pues sí... —Su voz parecía salir por el hueco que dejaba entre los dedos.

Poco después, vi que le temblaban los hombros y sollozaba. Lloraba en voz baja pero con cierta intensidad, como si se hubiera roto la presa que contenía todas sus emociones. Al tener la música apagada, la cafetería estaba bastante en silencio y el sonido de su llanto resonaba por la estancia.

—Y yo te llamaba Shū-chan.

Por la razón que fuera, nada más oír aquel nombre en su voz temblorosa, noté una calidez que me embargaba por dentro y los ojos se me anegaron en lágrimas. Logré contenerlas por mucho que me costara y me puse a su lado para frotarle la espalda mientras ella lloraba y sollozaba.

—¿Verdad? Pues mira, aunque no fuera en una vida anterior, sí que nos conocíamos de antes. Ahora sí que lo noto. Y debía de ser un recuerdo muy preciado; siento mucho haberme olvidado de eso.

La vi negar con la cabeza con fuerza, todavía tapándose el rostro.

—Oye, Chinatsu, quería decirte otra cosa. ¿Me escucharás?

Un gran ojo lloroso apareció en el hueco entre sus dedos.

—Te quiero. Te quiero muchísimo. Así que no decidas que no vamos a volver a vernos, porque odio hasta pensar en ello, no lo soportaría. Mira, si me odias y no quieres volver a verme, me resignaré y ya está. Pero, si no es así, no decidas que esta va a ser la última vez, no decidas algo tan triste tú sola. Quiero seguir viéndote, igual que antes. No, más aún. Quiero estar contigo. ¿Te parece mal?

—No, claro que no. Pero ¿por qué querrías estar conmigo? —preguntó, tapándose el rostro una vez más para sollozar.

—Vale, ¿volverás a venir a la cafetería? Shizuku y el propietario te están esperando.

—¿Seguro que puedo? ¿Puedo venir a verte y a ellos no les molestará que venga a verlos también?

—Pues claro, si somos nosotros los que te invitamos —dije, con la certeza de que notaría la calidez de su espalda en la mano.

—Me alegro mucho. Aunque sea una causa perdida…

—No digas eso, que no es verdad.

—Pero…

—No eres una causa perdida. Te conozco; no puedo decir que lo sé todo sobre ti, pero eso sí que lo sé: no eres una causa perdida. Y me niego a creer a nadie que lo diga —dije con firmeza.

Lo sabía desde hacía mucho tiempo, lo había ido viendo con cada domingo que pasaba, con cada día que se iba apilando poco a poco, como la nieve al caer.

Chinatsu seguía sin saber que Shizuku había estado guardando sus bailarinas de origami en una caja de galletas, aquellas bailarinas que eran la propia esencia de Chinatsu. Entonces lo comprendí por primera vez. Eran delicadas y amables, pero también había algo de tristeza en que se quedaran solas, en riesgo.

De modo que no pensaba dejarla sola.

Para conseguirlo, iba a tener que ser más fuerte, para poder ayudarla a cargar con el dolor y la tristeza que había llevado sobre los hombros por sí sola desde hacía tanto tiempo. Para poder ser un apoyo para ella, aunque fuera solo un poco. Para que pudiera ser así, tenía que aprender a entender el dolor ajeno. Algún día, cuando terminara el arco de bailarinas.

El querer cambiar así por otra persona es una sensación maravillosa.

—Oye, creo que es el momento perfecto para que lo digamos juntos —dije con alegría, buscándole la mirada, pero seguía llorando.

Y entonces Chinatsu, Chi-chan, alzó la vista un poco.

—¿El qué?

—¿Te acuerdas de lo de «Vamos a seguir sin ningún accidente»?

Al oírlo, la mujer que había pasado a ser tan importante para mí sonrió un poco por fin.

Ya hacía rato que se nos había enfriado el café, así que fui corriendo a la cocina para preparar otra taza.

PARTE DOS

Nuestro reencuentro

Era la primera vez que volvía a la cafetería en treinta años, aunque técnicamente no era el mismo establecimiento. En la época en la que solía pasarme por allí, se llamaba Nomura y la dueña era una anciana con joroba que debía de tener unos ochenta y muchos años.

En pleno verano, el aire acondicionado, lleno de polvo, chirriaba al esforzarse por seguir en funcionamiento y, aun así, se te empapaba la espalda de sudor solo por sentarte a tomar algo. En invierno, el fuego del calefactor de aceite colocado en un rincón emitía un brillo rojizo, pero cualquier brisa que se colara sin piedad por la puerta te hacía estremecerte.

Ahora, sin embargo, la cafetería del final de esa callejuela con viviendas tiene un nombre más raro, Torunka, y la música que suena por los altavoces ya no son las canciones de Hall & Oates que tanto ponían por la radio en aquellos tiempos, sino las melodías de piano de Chopin. La anciana tampoco está, claro. El propietario ha pasado a ser un hombre muy serio de unos cincuenta años.

Si bien me ponía triste pensar en ello, tampoco es que me decepcionara mucho.

Uno nunca puede volver al pasado: debería haberme sorprendido de que siguiera habiendo una cafetería en el mismo local. En aquel entonces, había tan poca clientela en la Nomura que podríamos habernos imaginado que la anciana colgaba el delantal y cerraba para siempre en cualquier momento. De hecho, la razón principal por la que me gustaba ir allí era que casi siempre estaba vacía, por lo que podía quedarme tanto tiempo como quisiera sin preocuparme de que alguien fuera a quejarse.

Aun así...

Antes de volver, me había aferrado a la esperanza de que la cafetería fuera el único lugar que no hubiera cambiado con el tiempo. De que, si me volvía a presentar allí, fuera como si no hubiera transcurrido ni un solo día y pudiera retomar el pasado. De que fuera a entrar por la puerta y la anciana de la joroba me diera la bienvenida y el interior estuviera exactamente igual, vacío, oscuro, un tanto en penumbra, húmedo en verano y helado en invierno, y que pudiera volver a sentarme a mi mesa de cuatro sillas en la parte de atrás, como si me hubiera atraído hacia allí.

Había albergado la esperanza de que aquel lugar permaneciera igual, de que hubiera sido víctima de un hechizo para detener el paso del tiempo hasta que volviera yo.

Y, por descontado, había esperado que Sanae estuviera allí, tan joven como en aquel entonces. Y que yo mismo pudiera deshacerme de la piel suelta y arrugada de este cuerpo fondón para volver a ser quien fui: un joven alocado que no sabía lo que era el miedo a perderlo todo.

Menudo panorama.

Me senté a la barra del café Torunka, meneando la cabeza para intentar desprenderme de aquellas fantasías infantiles. El café que me quedaba en la taza de porcelana blanca se había quedado frío y, al observar el líquido oscuro, vi una tenue silueta de mi rostro en el reflejo. Me bebí el resto para evitar tener que mirarme.

—¿Quiere que le prepare otra taza? —me preguntó de pronto una voz desde la cocina. Era el dueño. Había ido a la cafetería varios días seguidos y era la primera vez que me hablaba—. Invita la casa, como agradecimiento por venir tanto.

Alcé la vista para verlo al otro lado de la barra, mirándome con una sonrisa agradable en su rostro serio. Parecía mucho más joven cuando sonreía, como un niño pequeño. Siempre iba vestido con una camisa recién planchada y almidonada y un delantal negro, un atuendo que le confería unos aires de elegancia y pulcritud, con su complexión delgada pero musculosa y tez morena.

Me pregunté qué es lo que pensaría él al ver al hombre que tenía sentado delante; el hombre cansado, de cincuenta y muchos años, que se pasaba cada tarde de entre semana pegado a una taza de café. *No, deja de pensar en eso. Si empiezas a preocuparte por esas cosas, ¿qué será de ti?*

—Si me lo ofrece, por mí no hay problema.

—Claro. ¿Quiere otra mezcla?

—Vale —asentí, y la expresión del dueño volvió a ser igual de seria que antes mientras preparaba otra taza.

Era un local pequeño y, al estar doblando una esquina en la calle del mercado, al final de una callejuela rodeada de viviendas en ambos lados, costaba lo indecible encontrarlo. A juzgar por los días que llevaba yendo, la clientela habitual estaba formada más que nada por personas mayores de la zona. Sin embargo, por los movimientos del dueño y la intensidad de su mirada, me quedó claro que se enorgullecía de su trabajo. Tenía el aspecto de un hombre que se centra en su labor de forma consciente y sincera. Me daba un pelín de envidia, la verdad.

—Oiga —lo llamé, siguiéndolo con la mirada. Era la primera vez que entablaba conversación por voluntad propia desde hacía mucho tiempo.

—Dígame.

—¿Cuándo pasó a regentar la cafetería?

Con la cafetera plateada en una mano, no miró en mi dirección ni una sola vez mientras echaba el agua hirviendo encima de los granos del café en el filtro y trazaba unos círculos en el vapor. Poco después, los granos de café soltaron un aroma de lujo, como si respondieran a sus pensamientos.

—Mmm… Ya hará más de veinte años.

—Anda, ¿veinte?

—Sí, antes era otra cafetería. La llevaba una pareja, pero la mujer siguió con el negocio cuando falleció él. El problema es que se estaba haciendo mayor y creía que ya iba a ser hora de ir cerrando. Hacía tiempo que los conocía a los dos y, cuando me enteré, le pedí si le podía comprar el local.

—¿Y qué fue de la mujer?

—Después de dejar la cafetería y jubilarse, se fue a vivir cerca de aquí, pero murió hará unos doce años o así.

—Ya veo…

Solté un pequeño suspiro. Aun así, era otra consecuencia natural del paso del tiempo.

—¿Conocía a la señora Nomura?

—No sé si diría que la conocía, pero sí que me pasaba mucho por la cafetería, hace tiempo.

En retrospectiva, creo que nunca mantuve ninguna conversación personal con ella, sino que me decía cosas como «¡Bienvenido!», «Aquí tiene su mezcla de la casa» y «Gracias por venir». Creo que a eso se reducían nuestras conversaciones, porque yo solo asentía en silencio.

—Anda, conque era un cliente habitual antes. —La reacción del dueño me sorprendió—. Aunque cambiamos la fachada, el interior lo dejamos más o menos como lo tenía la señora Nomura. Me encantaba el ambiente de la cafetería de antes.

—Así que es por eso que transmite la misma sensación.

Miré en derredor una vez más: las sillas de madera relucientes y de tono ámbar dispuestas en torno a las mesas, la pared de ladrillo oscura, las lámparas sencillas que colgaban del techo, el antiguo teléfono rosa junto a la puerta del baño. Todo era de aquella época y, al igual que yo, parecían desgastados por el paso del tiempo.

No obstante, el ambiente sí que había cambiado en un aspecto: todo estaba mejor iluminado, porque el local anterior había estado sumido en una penumbra constante. La cafetería Nomura había sido como una cala en la que todo había llegado a lomos del viento y se había quedado allí, acomodado y en paz. El café Torunka, por otro lado, parecía un lugar en el que soplaba una brisa fresca. Era la impresión que me daban.

—Me alegro mucho de que haya venido, es increíble que nos visite uno de los clientes de la cafetería Nomura. ¿Vivía por la zona?

—No, pero conocía a alguien que sí —dije negando con la cabeza—. Yo vivía en un barrio a dos estaciones de este.

—Ah, vale, vale.

Si sigues la calle del mercado Yanaka Ginza y bajas por la calle Yomise, llegas a una calle en subida llamada Sansakizaka. Sanae vivía en un piso de dos plantas, justo detrás del pequeño baño público de la zona.

Unos días antes, me había pasado por allí para ver cómo seguía todo: si bien el baño público seguía abierto y el vecindario tenía el mismo ambiente, su bloque ya no estaba allí. En su lugar había un edificio de tres plantas con un aparcamiento angosto. Otra consecuencia del paso del tiempo.

Justo cuando estaba a punto de ponerme sentimental otra vez, el dueño me dejó la taza de café delante.

—Aquí tiene su mezcla de la casa —me dijo.

Por un momento, observé el ligero vapor que se alzaba de la taza, hasta que llevé una mano hacia ella.

—Está riquísimo —dije, incapaz de contenerme.

El dueño asintió discretamente.

Sí que se le daba bien preparar el café. Dejaba un regusto ligero y refrescante, sin ningún sabor arenoso ni desagradable. Seguro que se debía a que dedicaba el tiempo correcto a la extracción, para que el sabor de los granos se desprendiera a la perfección. Con cada sorbo que daba, notaba el café que me invadía el cuerpo.

Incluso sin tener en cuenta mi gusto personal, uno no encuentra un café así de bueno en cualquier cafetería. Solo por sabor, diría que el café de Torunka superaba con creces al de Nomura. Y cobrar quinientos yenes en el mundo actual era un precio bastante asequible.

En cuanto dejé la taza en el platillo, oí el intenso tintineo de las campanillas de la puerta. La brillante luz de la calle iluminó la cafetería y una alegre voz saludó al dueño.

—¡Hola!

Me volví para ver a una mujer alta y delgada, de veintitantos años, que entraba con alegría en la cafetería vestida con lo que parecía ser su atuendo informal de cada día: una sudadera gris con capucha y vaqueros.

Una cara apareció a través de un hueco en la cortina corta que colgaba en la entrada de la cocina.

—Ay, Ayako, bienvenida.

—¡Hola, Shizuku!

No tardé en apartar la mirada.

Tampoco iba a decir nada, desde luego, solo había mirado hacia allí cuando había entrado. Centré la vista en la taza de café. La puerta se cerró y la noté pasar por detrás de mí para ponerse a charlar con la chica de la cafetería.

—Qué calor hace hoy. Quizá me vendría bien un té helado, ¿no? Oye, ¿no tendrías que estar en el instituto? Solo son las dos.

—¿Qué dices? Si hoy es sábado.

—¿En serio? Vaya, el trabajo me hace perder la noción del tiempo.

—Ah, qué libres son algunas.

—Qué va. Aunque no lo parezca, te sorprendería lo ocupada que estoy. Como dicen por ahí: «No se puede encontrar la felicidad pura sin una pizca de tristeza».

—¿Otra de tus frasecitas raras?

—¿Cómo que raras? Si es una cita de un poeta famoso; le debes una disculpa a Heinrich Heine. Pero, en serio, ¿cuándo vas a dejar de estar más plana que una tabla de planchar? Te juro que no has cambiado nada desde primaria.

—Oye, no me vengas con esas. ¡Es acoso sexual!

—Ay, chica, perdona —dijo la recién llegada con una voz más aguda. Y entonces soltó una carcajada alegre y rimbombante.

Su voz me resonó en los oídos.

¿Qué diantres quería hacer yo? Había estado esperando que llegara, pero ¿qué iba a hacer? Debería hablar con ella, solo que no sabía qué decirle. Además, no era Sanae, ¿de qué servía aferrarme a ella?

Como si tratara de autoconvencerme, me acabé lo que me quedaba de café, me puse de pie, pagué la cuenta corriendo y hui hacia la brillante luz del sol como ladrón después de robar un banco.

Los últimos treinta años de mi vida habían sido una serie de errores, uno detrás de otro, cada uno peor que el anterior, hasta que el camino que había seguido estaba hecho de fallos.

Para cuando me di cuenta, caía en picado, cada vez más abajo, y me quedé sin nada.

El primer error lo cometí a los veintiún años.

El mayor error de mi vida: el momento en el que abandoné a Sanae.

Sanae era la chica con la que salía cuando estaba en la universidad. En aquel entonces, ella trabajaba en una tintorería cerca de mi residencia, aunque, por descontado, yo estaba sin dinero y un viaje a la tintorería me parecía tan imposible como ir a ver la cara oculta de la luna. Sin embargo, durante el otoño de mi primer año de universidad, mi tía de Tokio falleció y eso significaba que tenía que ir al funeral. Así que, a regañadientes, me tocó lavar mi único traje. Allí la conocí.

Nuestro primer encuentro no fue para nada dramático. El día que la conocí, tenía el cabello, que normalmente le llegaba a los hombros, recogido en un moño, y no llevaba maquillaje, por lo que me pareció una chica del montón, nada sofisticada. Si bien éramos casi de la misma edad, era completamente distinta a las chicas de la universidad a la que iba yo.

Y, aun con todo, tenía algo que me fascinaba. Como cuando vas caminando de noche sin prestarle atención a nada y miras arriba de repente y ves la luna blanca que brilla justo encima de ti y hace que te pares de golpe. Lo que noté fue el cosquilleo de la emoción que podría haber experimentado en un momento así.

Fue por ello que volví a la tintorería más adelante, para perseguir aquella extraña sensación. Como no tenía nada que llevar a lavar, saqué una sudadera desgastada y una chaqueta con una manga deshilachada y las metí en una bolsa de papel.

Para cuando quise darme cuenta, ya estaba profundamente enamorado de ella. Mi intento de seis meses por acercarme a ella había surtido efecto y, cuando dimos comienzo a nuestra relación, casi ni volvía a la residencia, porque pasaba todo el tiempo que podía en su piso de aquel barrio.

Como no tenía familia de la que depender y solo disponía de su trabajo en la tintorería para pagar las facturas, seguía una vida bastante austera. Su piso, que por desgracia daba al oeste, solo abarcaba seis tarimas de *tatami*, poco más de nueve metros cuadrados. Era un lugar bastante triste para una joven como ella. Los demás vecinos eran bastante maleducados y las paredes, que parecían hechas de papel, nos dejaban oírlos discutir de vez en cuando.

Aun así, me terminó encantando aquel piso: en cierto modo, Sanae y la vivienda se parecían. Cada vez que estaba en aquel pisito, con su fuerte olor a *tatami* de paja, y la veía hacer punto o planchar, una extraña felicidad me embargaba el pecho.

—Hiro.

Me llamaba por mi nombre, con una voz un tanto nasal pero con un tono siempre cálido y acogedor. Cada vez que lo hacía, mi corazón volvía a la vida.

«Hiro, ¿qué te apetece comer?».

«Hiro, qué calladito estás hoy, ¿no?».

«Hiro, ¿de verdad has ido a clase?».

«Hiro, quiero que estemos juntos para siempre. A partir de ahora, no nos separemos».

Como me daba vergüenza contestarle con sinceridad, solía darle respuestas más escuetas.

Fue alrededor de aquella época que empecé a sentir apego por la zona en la que vivía ella: las calles delineadas por casitas de madera, con templos y santuarios espolvoreados por ahí, la abarrotada calle del mercado con sus muchos puestecitos y las callejuelas que se retorcían y se curvaban hasta que uno no sabía dónde desembocaban. Aquel barrio tenía un encanto imposible de encontrar en las ordenadas zonas residenciales tan bien organizadas por los equipos de planificación. Recuerdo que la llevaba a pasear por la zona, que explorábamos con la emoción propia de la juventud, cuando uno se pregunta qué habrá al doblar la esquina, adónde lo llevará el camino.

Fue durante uno de aquellos paseos para explorar las callejuelas del barrio que dimos con la cafetería Nomura. No tardó en convertirse en uno de nuestros locales favoritos, en el lugar en el que pasaba gran parte del tiempo, aparte del piso de Sanae.

Una taza del café de la casa costaba doscientos treinta yenes. Y no era para tirar cohetes, pero en aquellos tiempos nos parecía el colmo del lujo.

Por desgracia, también era más ambicioso de lo que me convenía. Había huido a Tokio nada más aprobar mis exámenes de acceso a la universidad, porque detestaba el pueblo en el que me había criado, con su zona industrial rodeada de chimeneas, del ruido de las fábricas. Incluso después de mudarme, ardía por dentro y en secreto soñaba con alcanzar el éxito, con no acabar como los demás habitantes de mi pueblo deprimente, donde los rayos del sol no nos rozaban ni en el más despejado de los días.

Creo que fue cerca de un año y medio después de empezar a salir con Sanae que me llegó una oportunidad. Estaba participando en un ensayo clínico de cuatro días y tres noches cuando el tipo de la cama de al lado me sugirió que montáramos un negocio juntos. Me contó que, como su padre trabajaba en el comercio internacional, podía aprovecharse de sus contactos para que montáramos un negocio de importación. ¿Y quería ir con él? Si bien me costaba creer la propuesta, acepté sin perder tiempo. Era una oportunidad de dar un paso adelante y, por encima de todo, parecía que iba a ser divertido.

A pesar de no tener ni idea de antigüedades europeas, el negocio fue tan viento en popa que parecía mentira. Al final de los años setenta, conforme Japón se iba volviendo un país más rico, había personas acaudaladas por todo el país que querían comprar muebles y vajillas europeas antiguas, solo que muy pocos vendedores los ofrecían al por mayor. Por supuesto, en aquellos tiempos nadie tenía móvil y no existía internet. En ciertos casos, aquellas personas pagaban diez veces más de lo que nos costaba a nosotros hacernos con un reloj o un escritorio que habíamos comprado baratos en el extranjero. Y, si bien yo no era más que un estudiante que siempre llevaba el único traje bueno del que disponía, confiaban en mí sin dudarlo, sin percatarse de que, debajo del traje, era presa de los sudores fríos.

De la noche a la mañana, pasé a estar ocupado y los engranajes de mi mente ya no estaban atascados, sino que giraban a toda velocidad. El tiempo libre con el que no había sabido qué hacer, las horas que había pasado asándome en la cafetería, quedaron engullidas por el trabajo como por arte de magia.

Y así fui pasando cada vez menos tiempo en el piso de Sanae.

A veces transcurrían más de diez días sin que lo pisara. Y, aun así, cuando me presentaba allí sin avisar, Sanae me estaba esperando, cocinando lo que fuera. Me saludaba con una sonrisa y me decía que había estado trabajando mucho. El problema era que, en lugar de sentirme agradecido por que siempre me estuviera esperando, poco a poco me fue sacando de quicio. Su piso, amén del barrio entero, me parecía un lugar cochambroso. Cuando alzaba la vista desde la callecita y veía la luz del interior de su piso por la ventana, me paraba a pensar por qué me había quedado tantísimo tiempo allí.

Hasta que, una noche lluviosa, dejé de ir a verla. Me dije que ella iba a estar bien, que seguro que encontraba a alguien mejor que yo, que le convenía alguien menos consumido por la ambición, que lo que necesitaba ella era una vida normal y feliz. Eché mano de todas las excusas que yo mismo necesitaba para poder pasar página sin pensar en lo culpable que me sentía.

Cuando rompimos, las lágrimas de las mejillas de Sanae relucían ante la luz incandescente. Como sentía que debía disculparme, intenté darle dinero, pero ella se negó en redondo.

—El mejor regalo que me has dado —me terminó diciendo— es el café de esa cafetería. El salir a tomar algo los dos juntos.

Y se me quedó mirando con semejante convicción que me entró el miedo de que me estuviera equivocando, de que estuviera a punto de cometer un error garrafal. No obstante, pasé por alto los sentimientos que crecían en mi interior y salí corriendo a la lluvia del exterior, dejándola allí sola.

Ahí decidí que no iba a volver nunca.

El trabajo me iba bien: pudimos expandir el negocio y pasamos de lidiar con los que tenían dinero a clientes más ricos e importantes. Llegué a un puesto ejecutivo con todas las de la ley y la única felicidad que experimentaba era en el trabajo.

La cuestión del matrimonio se me presentó a partir de los treinta y pico. Si bien había salido con más de una mujer, nunca me había planteado casarme. Hasta que me enteré de que a la hija de un inversor muy acaudalado de nuestra empresa, una mujer a la que había visto varias veces en fiestas, le había empezado a gustar.

Había varias cuestiones que deberían haberme preocupado: era casi doce años mayor que yo, iba por su segundo divorcio y su forma de vestir chabacana jamás podría confundirse con el buen gusto, pero a mí me daba igual todo eso. Me atraía lo que tenía ella y supe pasar por alto todos los problemas.

Aquel fue mi segundo error.

Nuestra vida conyugal como tal duró menos de tres años y se vino abajo antes de la cuenta. Tras un par de años, le hizo tilín otro hombre y yo perdí el poco amor que le había tenido.

Aun así, a ella le preocupaban las apariencias y me amenazó con que iba a tener que dejar el trabajo si le pedía el divorcio. No me dejaba mancillar su reputación. Sus amenazas, en otras palabras, eran las de su padre.

Si me divorciaba, iba a perder todo lo que me había labrado con sangre, sudor y lágrimas. Por el miedo a hacer que se enfadara, me obligué a seguir dentro del matrimonio para no quedar mal; el problema era que ya no era capaz de dedicarme al trabajo como antes. Así transcurrieron otros seis años.

Poco a poco, me fui refugiando en el alcohol para escapar de la presión del trabajo, de mi vida con ella.

Aquel fue mi tercer error.

Borracho, era capaz de olvidarme de muchas cosas. De mis relaciones que solo traían desastres, de mi futuro inexistente, de la sensación de que nada valía la pena que tan a menudo me invadía.

Solo que luego, cuando se me pasaba la borrachera, el mundo que intentaba dejar de ver volvía a plantárseme delante. Poco a poco, fui aumentando la cantidad que bebía, hasta que empecé a emborracharme en el trabajo. Cuando comía, acababa vomitándolo casi todo. Y, aun así, era incapaz de dejarlo.

Hasta que un día me desmayé y me tuvieron que llevar al hospital. Me quedé sin trabajo y me echaron de donde vivía.

Y no, aquello tampoco me sirvió para echar el freno del tren descarrilado en el que iba. Todavía me quedaba dinero y tiraba de esos fondos para beber de noche y de día. Me encerraba en una habitación del piso cochambroso que me conseguí y bebía como si quisiera ahogarme. Y, mientras bebía, maldecía al mundo entero, a la persona en la que me había convertido.

Cada noche que pasaba entre lágrimas, me decía que al día siguiente iba a dejarlo, que iba a empezar de cero. Un día más y sentaba la cabeza. De modo que aquel día en sí podía hacer lo que quisiera. Y cada día se repetía el mismo ciclo sin fin. La cara que me devolvía la mirada en el espejo, con los ojos hundidos, le pertenecía a un hombre que no conocía de nada.

Fue alrededor de aquella época que me puse a recordar a Sanae.

Borracho y perdido, la echaba muchísimo de menos. Extrañaba verla trabajando en la tintorería o sujetando una taza de café, oírla llamarme con aquella voz tan dulce, tan atractiva. Aunque hubieran transcurrido décadas, todavía la recordaba a la perfección.

Habían sido los días más felices de mi vida.

Y los había tratado como a un despojo. Cuando ya no eran lo que necesitaba, los había tirado a la basura sin pensármelo dos veces. Maldije a la persona que había sido. A aquel idiota. Había perdido a Sanae y ¿qué había sacado de aquello? Nada valía la pena si lo que había que hacer para conseguirlo era sacrificarla a ella; por fin me di cuenta.

Me moría de ganas de verla.

De verle la cara, de oír aquella voz amable.

Pero ¿cómo podía presentarme delante de ella con lo mal que estaba? ¿Cómo iba a volver al barrio con las pintas de borrachuzo que tenía?

Un día, me metí en el despacho de un investigador privado y lo contraté para que buscara a Sanae. Todavía no pretendía ir a verla, pero sí quería saber qué había sido de ella, cómo había pasado aquellos años. ¿Había encontrado la felicidad tal como yo le había deseado para mis adentros al dejarla?

Y ese mismo investigador fue el que me dio la mala noticia.

Sanae había fallecido hacía dos años. Se había puesto enferma; había recaído en el cáncer y este se le había propagado por todo el cuerpo. No habían podido hacer nada para salvarla.

Me quedé de piedra. La verdad resonó en el interior del cerebro macerado en alcohol que tenía.

¿Cómo que Sanae había muerto?

¿Cómo podía ocurrir algo así?

En el despacho del investigador, acepté el informe que me había preparado y lo hice jirones allí mismo. Y luego me abalancé sobre él para intentar sujetarlo del pescuezo, gritando hecho una furia.

—No juegues conmigo, cabrón. ¿Crees que puedes hacer como que has investigado sin mover un dedo porque soy alcohólico? ¡Vuelve a buscarla!

Los demás trabajadores me sujetaron y, cuando me quise dar cuenta, ya me habían echado del despacho. Volví a casa con los trocitos del informe y, más desdichado que nunca, los volví a pegar para leerlo mejor. Había más información que antes no había visto.

Como, por ejemplo, que cinco años después de que la dejara yo, Sanae se había casado. Que había vivido no muy lejos del piso que conocía y que había tenido una hija. Y que su hija se llamaba Ayako.

«Ayako». Murmuré su nombre, estupefacto.

La hija que se había quedado sin madre con la muerte de Sanae.

Por egoísta que fuera, ya había empezado a concebir aquel nombre como una forma de salvación.

Estaba en el fondo de un pozo oscuro y el nombre era como un finísimo hilo que se me extendía desde el propio cielo.

Me aferraba a la existencia de una persona a la que no conocía, a la que ni siquiera había visto, pero eso fue lo que me ayudó a decidirme a salir del lodazal en el que llevaba tantísimo tiempo atrapado.

El día después de pasarme por el café Torunka, salí del hotel de negocios en el que me hospedaba y me di cuenta de que los pies me llevaban hacia allí otra vez, a pesar de que era plenamente consciente de que no podía cambiar el pasado.

¿Desde cuándo había tanto turista en la calle del mercado? Antaño, a nadie se le habría ocurrido ir andando hasta el centro para disfrutar de las vistas. ¿Acaso era otra señal del paso del tiempo? Evité la ajetreada calle y recorrí un callejón angosto en el que la colada colgaba como toldos desde las ventanas de las viviendas de ambos lados. Al final de la calle, llegué a ver un edificio color marrón cuyas paredes estaban cubiertas de hiedra verde hasta cierta altura.

Sabía que no era la misma cafetería que antes, que Sanae ya no estaba. Y, aunque Ayako sí que estuviera, ¿qué iba a cambiar eso?

Aun así, por patético que fuera, no se me ocurría ningún otro lugar al que ir. Si bien ya hacía tiempo que había dejado el alcohol, caminaba con paso tembloroso, como si siguiera soñando, y, cuando salí de mi ensimismamiento, me di cuenta de que ya había llegado.

—Bienvenido.

El dueño me saludó con voz solemne. La tenue luz que se colaba por el vitral le confería un extraño tono azulado a los asientos más cercanos. Me acerqué a mi asiento de siempre, al final de la barra.

Ayako no estaba allí y me llevé un chasco. Si me la hubiera encontrado, no habría sido capaz de quedarme sentado y tranquilo, pero me decepcionaba de todos modos, por absurdo que fuera.

En aquel momento, seguramente estaba en su trabajo a tiempo parcial en la floristería de la calle Yomise; lo sabía porque yo mismo la había visto allí varias veces. Me la imaginaba saludando a un cliente con la misma calidez que el sol de mayo de aquel día. También tenía otro trabajo en el que echaba más horas, si no me equivoco, pero aún no sabía lo que era.

Pedí la mezcla de la casa, como de costumbre, y el dueño respondió también como siempre, con un «sí» en voz baja.

No sé si era por haber charlado con él el día anterior, pero sentía más apego hacia él y quise intentar hablar un poco más.

Aunque sea algo raro de decir a mi edad, siempre he sido bastante tímido. Mi forma de hablar brusca y poco amistosa era algo que había aprendido al imitar cómo hablaban en las películas sobre la Yakuza, porque no soportaba que me miraran por encima del hombro.

Y, después de varias décadas hablando así, ya era demasiado tarde como para solucionarlo. Si bien no le tenía ninguna inquina al hombre, ¿qué podía decir para transmitírselo?

—Siempre se dice que el café es malo para la salud. Pero ¿cómo va a ser malo? —murmuré para mí mismo con la intención de entablar conversación. Y, a pesar de que me preocupó haberlo hecho mal, se dio cuenta de que estaba hablando con él y se volvió hacia mí.

—Ay, hace muchísimo tiempo que se dice eso.

—No me diga.

—Pues sí...

Y se hizo el silencio.

Opté por carraspear y seguir intentándolo.

—¿Y tan malo es? O sea, ¿está bien beber café cada día?

—¿Tiene algún problema en el estómago?

—No, no que yo sepa.

—En ese caso, no creo que tenga nada de malo —respondió con una sonrisa—. Ya se ha demostrado que el café no provoca cáncer. Lo que sí hace es estimular la actividad de los jugos gástricos, así que no se recomienda para personas que tienen problemas estomacales, para que no se les agrave el trastorno.

—Entonces, si no tienes nada en el estómago, ¿no hay nada de lo que preocuparse?

—Exacto. Creo que antes había quienes asociaban el café con el tabaco porque decían que los dos son perjudiciales para la salud, pero el café no merece que se le trate así. Si uno escoge un buen grano y sigue la técnica de vertido correcta, no debería afectar a la salud de ninguna manera. Con el alcohol, la carne o el café, lo importante es consumirlo todo con moderación.

El dueño me sonrió como si quisiera decir que era así de simple.

—Conque moderación, ¿eh? —dije como burla hacia mí mismo. Solté un largo suspiro: hacía unos años, algo tan sencillo como la moderación era imposible para mí.

Para poder volver al barrio y ver a Ayako, había decidido dejar de beber y me había metido en un centro para tratar el alcoholismo en el que me sumé a un grupo de gente desdichada como yo o peor aún. Allí todos los que no éramos capaces de solucionar nuestro problema dimos con un castigo apropiado: nos odiábamos por haber empezado a beber y nos habría encantado que alguien nos hubiera dado un buen sopapo si con ello podíamos volver a la vida de antes.

Pero bueno, en cualquier caso, ya lo había superado. Meneé la cabeza e intenté alejarme de los recuerdos de unos días que preferiría haber olvidado.

—¿Y por qué hay tanta gente que dice que es malo, entonces?

—Supongo que visto desde fuera no parece que sea muy bueno precisamente. Hay un montón de adictos a la cafeína que trabajan sin dejar de beber café. Si uno no come como es debido y se pasa el día con una taza de café en la mano, le acaba pasando factura, claro. Supongo que el ver cosas así ha terminado haciendo mella en su reputación.

No sabía si le gustaba hablar o si solo era que le encantaba el tema del café, pero, cuando se le daba cuerda, no paraba.

—Además, hace mucho tiempo se lo conocía como «la bebida de Satanás», así que su mala reputación se remonta hasta entonces incluso.

—¿La bebida de Satanás? —pregunté. Eché mano del café, más interesado que antes, y vi el ligero vapor que emanaba. En lo que a mí respecta, no hay ninguna duda de que la bebida de Satanás es el alcohol.

—Hasta principios del siglo diecisiete, como se originó como bebida en países musulmanes, muchos de fuera del mundo islámico lo consideraban una bebida impía. Pero el papa de por aquel entonces, creo que fue Clemente VIII, dio un trago y quedó fascinado. Para erradicar el estigma que tenía de ser impío, el hombre fue y bautizó el café, para que se reconociera como una bebida apta para cristianos.

—¿Bautizó el café? Lo que hay que ver.

Me eché a reír y di un sorbo al café caliente. Me parecía increíble que se hubiera conocido como «la bebida de Satanás».

—¿Es absurdo, verdad? En cualquier caso, el papa quería seguir bebiendo. Se podría decir que se dejó seducir por Satanás.

—¿Y por eso se llamaba «la bebida de Satanás»? Así, sí que le veo la lógica.

Si bien al principio no me acostumbraba al nombre Torunka, sí que descubrí que aquel hombre sabía unos datos fantásticos. Y preparaba un café para morirse. No era tan mal nombre.

—Esa historia —carraspeé y busqué las palabras adecuadas— es bastante fascinante.

El dueño esbozó una ligera sonrisa, como si quisiera darme las gracias. Pese a que había pretendido que sonara como un halago, no sabía si se había entendido así. Me marché cuando todavía era de día.

Me sentía un poco mejor que de costumbre, quizá porque acababa de mantener una conversación por primera vez en mucho tiempo.

Bajo un cielo teñido del color azul claro de unas acuarelas bastante aguadas, fui hasta el final de aquella callejuela angosta y los pies me llevaron sin que yo quisiera a la calle Yomise. Tras pasar por delante de la tienda de galletas de arroz, la farmacia y la pescadería, las tiendas de siempre, me llegó un olor dulzón y agradable.

Era la floristería en la que trabajaba Ayako.

Tal vez me había dejado llevar más de la cuenta, porque, aunque normalmente me limitaba a mirar de reojo al pasar por delante, aquella vez me detuve en el escaparate y me quedé mirando las coloridas flores distraído. Como no sabía mucho de flores, solo reconocí los tulipanes y las trinitarias. Vi tonos amarillos, rojos, morados y blancos, colores que relucían ante el sol.

—Hola, ¿buscas algo en concreto?

Cuando me volví para ver quién era, Ayako estaba a mi lado y vestía un delantal con el nombre de la tienda por encima de sus vaqueros informales de siempre. Llevaba su espesa y larga melena recogida hacia atrás y esbozaba una sonrisa radiante.

—Ah, no, es que…

Había pasado dos semanas esperando con el aliento contenido, en secreto, para intentar acercarme a ella.

Y aquella era la primera vez que hablábamos. Si bien no quería mirarla, notaba una especie de mano invisible que me aferraba el cuello con cada vez más fuerza para obligarme a mirarla a los ojos.

Cuando se dio cuenta de que me la había quedado mirando, me dedicó una mirada extrañada.

—¿Pasa algo?

No, no es nada…

Justo cuando pretendía soltar aquellas palabras, se me distorsionó la visión y, en un abrir y cerrar de ojos, tuve que hincar una rodilla en el suelo. El corazón me latía desbocado y con fuerza, tanta que lo oía en la cabeza. Me dolía respirar.

Desde que había llegado al barrio, me había mejorado tanto el trastorno, por una razón que desconocía, que ya me había empezado a olvidar. Si bien me las había arreglado para no destrozarme el hígado con el alcohol, el beber tanto sí que me había afectado el corazón. Los efectos secundarios de todo aquello seguían en pie de guerra y, de vez en cuando, alguno de ellos me afectaba más de la cuenta.

El problema era que no habría podido escoger un peor momento.

—Eh... Oye, ¿estás bien?

Oí la voz preocupada de Ayako por encima de mí. Todavía incapaz de abrir los ojos, intenté asentir y decir que sí con las fuerzas que me quedaban.

—Dices que sí, pero no te veo muy bien, la verdad. ¿Puedes ponerte de pie?

Me sujetó de un brazo y tiró de mí para ayudarme. Soportando mi peso sobre sus finos hombros, nos acercó a la tienda y me ayudó a sentarme en una silla plegable.

—¿Quieres que te traiga algo para beber? ¿Un vaso de agua?

—No, gracias, estoy bien... Solo tengo que quedarme descansando un rato así.

Que hubiera sucedido justo cuando nos habíamos mirado a los ojos... Quizá Sanae me había mandado un castigo divino por haberme atrevido a volver al barrio.

Más ideas absurdas como aquella me rondaban por la cabeza mientras me quedaba allí sentado y respiraba a duras penas. En cualquier caso, no tenía otra opción que aguantar el dolor, porque me había dejado las pastillas en casa.

Por fin se me frenó un poco el corazón, como una ola que se va con la marea. Aun así, me preocupaba que la siguiente oleada no tardara en llegar; no podía quedarme más allí. Intenté ponerme de pie y me costó lo mío, por lo mucho que me temblaban las piernas.

—Es... espera... espera un momento. Tienes que descansar, no te levantes aún. ¿No conoces el dicho «a veces, la precaución es la mejor virtud»? No te preocupes, nadie se va a molestar por que te quedes aquí un ratito.

Ayako me miró bien bajo la tenue luz.

—¿A que no? —añadió sonriente con la voz que usaría alguien para razonar con un niño pequeño.

—No, claro, pero ya estoy bien, de verdad.

Un cliente la llamó desde la parte frontal de la floristería y la vi dudar, pasando la mirada entre mi silla y el escaparate. Le devolví la mirada y pretendí estar tranquilo y en calma mientras le decía que fuera a atender al cliente, que no pasaba nada.

—Ahora mismo vuelvo —dijo—. No te vayas, ¿eh?

A pesar de su súplica, cuando vi que estaba entretenida con el cliente, me puse de pie y me marché.

Más allá de mi paso por el hospital, pasé los tres días siguientes mirando el techo de mi habitación de hotel. Cuando me tomé la medicación que me habían recetado, pasaron casi todos los síntomas, pero seguía agotado, como si hubiera cruzado el mar nadando.

Cuando fui al hospital por primera vez después de mucho tiempo, el médico no paraba de sermonearme sobre mi trastorno.

—No hay mucho tiempo para seguir posponiéndolo, tiene usted que tomar una decisión. Es joven y lo más probable es que…

Me lo quedé escuchando sin expresión en el rostro.

—Se lo digo por su propio bien —me dijo después de examinarme. A juzgar por el tono de voz, iba a dejar el tema—. Pero, señor Numata, si usted no está dispuesto a ayudarse a sí mismo, los demás no podemos hacer gran cosa.

Luego suspiró de pura lástima y alzó las manos en un gesto de rendición.

No le pude responder. No sabía qué quería hacer.

Después de tanto tiempo mirando el techo de la habitación, me dio la sensación de que necesitaba aire fresco.

Así fue que acabé saliendo del hotel. En la calle brillaba el sol y hacía calor; el cielo estaba despejado, sin ninguna nube por encima de mí, y en los cerezos de la calle habían brotado hojas de color verde intenso. Me entregué a la suave brisa.

El buen tiempo había seguido durante tantos días que casi podía hacerme ilusiones con que estaba viviendo el mismo día una vez tras otra. Creo que vi una película extranjera que iba sobre eso hace mucho tiempo, una en la que un hombre de mediana edad se queda atrapado en el tiempo y repite el mismo día cada vez que se despierta. ¿No era eso lo que hacía yo también? ¿El hombre acabó saliendo de aquel bucle infinito? Ya no me acordaba.

Tras dudarlo mucho, acabé yendo a la callejuela del café Torunka porque me moría de ganas de beberme uno de los cafés del dueño. Mi idea era entrar y sentarme en mi asiento de siempre, en la barra, pero ya había una pareja de mediana edad por allí y tampoco me iba a sentir muy cómodo en una mesa. En lo que le daba vueltas a si iba a ser mejor volver otro día, oí una voz que me llamó desde una de las mesas.

—¡Anda, hola!

Solo me bastó con darle un vistazo a la mujer que se me acercaba animada con su blusa de guingán: era Ayako.

Me siguió hablando en voz alta, sin que le preocupara que todos los clientes nos estuvieran mirando.

—Sí que eres tú.

—Sí… —dije, más incómodo que nunca. Ya me había imaginado que podría estar allí, pero ni se me habría pasado por la cabeza que fuera a acordarse de mí y que viniera a hablar conmigo.

—Me alegro de verte. ¿Has estado bien después de lo que pasó? Desapareciste tan deprisa que es como si hubieras salido corriendo, he estado muy preocupada. No me imaginaba que fuéramos a vernos aquí.

Me avergoncé por haberla hecho preocuparse. Sin embargo, a juzgar por lo que había observado de ella durante aquellas dos semanas, era imposible que no fuera a preocuparse por mí después de lo ocurrido; en parte, ya lo sabía al ir a la cafetería. Quizá es que quería que me viera. Era tan patético que ni quería pensarlo.

—Siento mucho haberte preocupado. —Como mínimo, tenía que darle las gracias, pero tartamudeaba como un niño pequeño que se acababa de llevar una buena regañina. Ella se echó a reír y le restó importancia a todo.

—No pasa nada —dijo—. ¿Ya estás mejor?

—Sí.

Tiene usted que tomar una decisión. La advertencia del médico resonó en mis adentros, pero me limité a asentir.

—¿De verdad? Me alegro mucho, entonces.

—Ayako, ¿conoces a este señor?

El dueño (cuyo apellido era Tachibana, según me había enterado hacía poco) se nos había acercado en lo que hablábamos junto a la puerta y miraba sorprendido a Ayako.

—Ah, sí, un poquito.

—¿Preparo una mesa para dos?

—Ajá —contestó ella y, después de pensárselo un poco, me sonrió y añadió—: Como dicen por ahí: «La vida es una fiesta a la que solo te invitan una vez». ¿Vamos? —Al verla sonreír, accedí sin pensármelo—. ¿No tienes calor? Quítate el abrigo, anda.

Ayako me quitó el abrigo casi a la fuerza y lo colgó en el perchero de la pared mientras yo me quedaba plantado junto a la mesa, sin saber qué pensar.

No soportaba ver el abrigo allí colgado, tan desgastado como yo.

Me quedé en silencio y con mala cara, no tenía ni idea de qué podía decir. Cuando intenté beberme el café que nos trajo la hija de Tachibana, me temblaban tantísimo las manos que no podía ni sujetar la taza.

Entré en pánico, preocupado porque los síntomas del síndrome de abstinencia hubieran vuelto a hacer acto de presencia, pero era imposible: no había bebido ni una sola gota de alcohol desde hacía más de un año. El corazón me latía más deprisa de lo normal, pero no se trataba de otro ataque, sino de otra cosa.

Resulta que estaba nervioso: por eso me sudaban las manos y se me aceleraba el corazón. Hacía muchísimos años que no me sentía así. Sin embargo, sentado delante de la hija de Sanae, estaba más agitado que nunca.

Y quizá ella confundió mi incapacidad de hablar con el mal humor.

—Ay, perdona si te he presionado mucho. No eres de aquí, ¿no? Yo he nacido y me he criado aquí, así que hablo con todo el mundo así, muy informal…

—No, no pasa nada. —Negué con la cabeza con fuerza.

—¿Mmm?

—Quiero decir que no te preocupes.

—¿Seguro?

—No me molesta cómo hablas —dije frenético y ella me dedicó una sonrisita. No pude mirarla.

—Vale, genial, seguiré así entonces —repuso.

Luego se puso a hablar de sí misma. Se llamaba Ayako Honjō y tenía veintiséis años. Yo no le di mi apellido. Y después, con la misma sonrisa, me preguntó:

—¿Seguro que no te parezco loca de remate? No siempre soy tan social con los demás. Es que en el barrio todo el mundo está así como muy relajado y al final una se aburre, ¿sabes? Ay, ¿quieres un trocito de este bocadillo de jamón? Te lo doy como muestra de nuestra nueva amistad.

Me quedé impresionado con lo bien que hablaba a pesar de estar zampándose el bocadillo que había pedido antes de que llegara yo.

—No te preocupes, no tengo hambre.

En realidad, no había comido nada desde aquella mañana, pero no me veía capaz de que me entrara nada.

—¿Seguro? Está buenísimo.

La primera vez que la vi, no le encontré mucho parecido a Sanae. Era alta, a diferencia de ella, y desprendían una sensación distinta. Supongo que podría describirlas como que Sanae era una flor que brotaba discretamente a un lado de la carretera; era una mujer tranquila y amable, sin el vigor ni la radiancia de las flores que su hija exponía en el escaparate de la floristería. Sin embargo, estaba claro que eran familia. De cerca, le veía la misma nariz, las mismas orejas. Y, aunque hablaban de forma distinta, Ayako tenía el mismo tono un tanto nasal de su madre. Aun así, por encima de todo aquello, vi a Sanae en la forma en la que entornaba la mirada al sonreír.

Cualquiera se habría reído de mí si supiera todo lo que sentía en aquel momento solo por estar delante de la hija de una exnovia. Hasta a mí me parecía absurdo. No obstante, estaba seguro de que la única persona a la que había querido en mis cincuenta años de vida, una mujer a la que creía que no iba a volver a ver, seguía existiendo dentro de Ayako. La nostalgia y el amor que me embargaron entonces me iban a romper el corazón.

—¿Qué pasa?

Por la razón que fuera, Ayako se me había quedado mirando extrañada después de devorar el bocadillo.

—Se me acaba de ocurrir ahora mismo, pero ¿nos conocemos de antes? De hace mucho tiempo o algo así.

—Pues no, no creo.

Me sorprendió tanto su pregunta que la negué de inmediato. Más allá de aquellas dos semanas, no nos habíamos visto nunca, no.

—Ah, vale, vale. Es que me da la sensación de que no es la primera vez que nos vemos, ¿sabes? Igual son cosas mías, pero es lo que me ha parecido.

Se puso a murmurar algo en lo que iba a por la jarra de leche y se servía un poco en el café. Removió despacio la espiral de leche blanca trazada en la superficie negra del líquido hasta que se tornó de un tono marrón aterciopelado. Ahí me acordé de que Sanae tampoco podía beberse el café sin leche. Y, dado que yo creía que la mejor forma de beberlo era solo, cada vez que lo hacía la miraba con mala cara y ella se molestaba y me decía: «Si no es para ti, ¿qué más te da?».

—Perdona si te ha sonado raro. O sea, eso de preguntar si nos conocemos de algo es una frase trillada para coquetear, ¿no? Vaya, al ponerme a hablar de cuando nos conocimos, parece que te estoy queriendo seducir.

Ayako se dio un golpecito en un lado de la cabeza para burlarse de sí misma. Por mi parte, seguía sin saber qué decirle y ella se preocupaba por lo que debía de estar pensando yo. Respiré hondo y me bebí casi todo lo que me quedaba de café. En lo que aquel líquido caliente se me asentaba en el estómago vacío, me fui tranquilizando.

—Y bueno, ¿trabajas en la floristería?

—Sí, a tiempo parcial. Conozco al dueño y a su mujer desde que era pequeña, así que me dejan ayudar un poquito. Soy ilustradora, ese es mi trabajo de verdad, por así decirlo. Aunque no me da para ganarme la vida con eso, por triste que sea.

—Anda, ¿ilustradora, dices?

No me lo había visto venir. Si bien a su madre se le daba de muerte coser, era pésima dibujando.

—Lo di todo como autónoma, pero había un montón de problemas. El mes pasado, terminó un proyecto con el que llevaba mucho tiempo y ahora mi único trabajo como autónoma es ir haciendo ilustraciones para una revista, para premios y concursos y eso.

—¿En serio?

—¿Y tú?

—¿Y yo qué? —pregunté, porque no había entendido la pregunta.

—Digo que de qué trabajas.

—Ah, pues… Hasta hace poco, estaba en el negocio de importaciones y exportaciones.

—Ah, ¿y ahora?

—Ahora, eh…

—Te estoy haciendo demasiadas preguntas, ¿no?

—No, no, tranquila. Es que ahora mismo no tengo trabajo. Nada de nada, vaya.

—Ah, bueno. Supongo que así es la vida a veces.

Su incómodo intento de seguir siendo positiva me puso tristísimo. Di otro sorbito de café.

—El que siembra vientos cosecha tempestades, ¿no? Es culpa mía y de nadie más.

—Claro, pero, como dicen por ahí: «Solo porque se haya frustrado, no desistas de llevar a cabo tu cometido».

—¿Cómo dices?

Aquella chica a veces tenía unas ocurrencias rarísimas.

—Es otro dicho. Es que me gustan desde pequeña y, cada vez que me encuentro con uno que creo que me va a ser útil, me lo apunto. Aunque el de la cafetería se ríe de mí por eso. Ese en concreto es de Shakespeare y, en resumen, significa que no dejes de hacer algo por haber cometido un error. Se puede empezar de cero y no pasa nada.

—No, es imposible.

—Qué rápido te lo has pensado —se rio ella. Su expresión cambiaba a la mínima—. Bueno, eso es lo que creo yo, al menos. Cuando algo sale mal, te fastidia, pero tarde o temprano lo que sea que te haya pasado se convierte en algo que te sustenta en el futuro. Y, cuando empiezas algo nuevo, habrá algún que otro bache, claro, pero es emocionante, ¿no?

—Qué optimista eres.

—Sí, quizá sea mi única virtud. Cuando mi madre murió, hace tres años, me sentía vacía. Era como una sombra de mí misma, pero entonces decidí que no podía permitirme seguir así.

—Te entiendo —murmuré con la mirada perdida en la taza de café. Sanae se las había arreglado para criar a una hija increíble.

—Claro, por eso tenemos que esforzarnos, aunque sin pasarse tampoco. «El mundo es precioso y vale la pena luchar por él». Eso es lo que decía el gran autor estadounidense, Hemingway.

Al soltar la cita, alzó la mano e hizo el gesto de la paz.

Fue así que pasamos una hora charlando y, aunque más que nada era ella la que hablaba y yo le seguía la corriente, me sentó muy bien. Cuando fuimos a despedirnos, me armé de valentía para hacerle una pregunta.

—¿Podríamos volver a hablar así algún día?

Por un momento, abrió muchísimo los ojos, como si la hubiera pescado desprevenida, pero no tardó en sonreírme.

—Claro que sí.

—Hiro…

Oí que alguien me llamaba y, cuando me di media vuelta, allí estaba Sanae, en su modesto piso de seis *tatami*. Se hallaba al fondo del último piso de un edificio de dos plantas, con el olor intenso de las tarimas y el brillo de la puesta de sol, que se colaba por la ventana e iluminaba el suelo.

Estaba sentado junto a la ventana y el ocaso había teñido el mundo del exterior, por lo que la noche no iba a tardar en llegar a aquel barrio de casitas con aleros bajos. Los postes de telefonía y las tejas se tornaban color naranja por la luz y quienes iban por la calle lo hacían seguidos de larguísimas sombras. Oía a unos niños riéndose y jugando cerca, mientras que, más lejos, la sirena de una ambulancia se iba desvaneciendo.

Volvía a soñar con aquellos tiempos.

—¿Qué piensas?

En mi sueño, Sanae me habló desde donde estaba, sentada con la espalda recta y las piernas dobladas, tejiendo lo que fuera. Era su lugar de siempre, sobre el cojín rojo que ponía en el suelo.

—Nada, solo miraba la calle —dije, pensando que aquella escena había llegado a ocurrir de verdad.

—Menudo romanticón estás hecho, Hiro.

—¿Por qué lo dices?

Lo que me contó Sanae me pareció extraño, me tomó por sorpresa.

—Es que siempre te quedas mirando por la ventana cuando se pone el sol.

—Solo de vez en cuando.

—¿Ah, sí?

—Sí —insistí, pero ella se limitó a devolverme la mirada, intentando no sonreír.

—¿Te gusta la puesta de sol de este barrio?

—No sé. ¿No son todas la misma puesta de sol?

—Pues a mí sí que me gusta. —Se me había acercado y se había sentado a mi lado—. Cuando me quedo mirando por la ventana y veo que se pone el sol en este barrio chiquitito que tenemos, me pongo contenta. Aunque también me siento un poco sola.

—Mira quién es la romanticona ahora —dije riéndome.

—Claro que lo soy. ¿No lo sabías ya?

Los últimos rayos de sol del día relucían en su rostro sonriente y lo teñían del mismo tono de naranja que el barrio. Estaba preciosa, fue algo que noté en mis adentros. Y me abrumó el darme cuenta de que había cosas así de bellas en el mundo, cosas que, con tan solo estirar la mano, podía llegar a tocar.

Me la quedé mirando, incapaz de apartar la vista.

—¿Qué pasa? —me preguntó mirándome, después de haberse quedado observando la puesta de sol.

—No, nada.

Aparté la vista, demasiado avergonzado como para decirle nada más. Si le hubiera dicho que era preciosa, ¿cómo habría reaccionado? Seguro que se habría echado a reír de pura sorpresa y me habría dicho algo como «Claro, y ahora me dirás que va a nevar en verano, ¿no?». Expresar lo que sentía me parecía lo más frustrante de la vida, pero quería que lo entendiera, quería contarle al menos una pequeña parte de lo que sentía, por lo que hice un esfuerzo para que me salieran las palabras.

—A mí también me gusta ver la puesta de sol desde aquí —dije—. Me gusta que nos sentemos uno al lado del otro para verla juntos.

Me dedicó una sonrisa alegre y luego, como si le estuviera dando vueltas a algo, se volvió hacia el cielo con una expresión triste.

—Si alguna vez nos separamos, nos recordaré viendo la puesta de sol desde aquí. Por muchos años que pasen, por muchas décadas incluso, sé que no lo olvidaré. ¿Cuándo volveremos a ver un cielo así de precioso?

Seguro que me la quedé mirando con cara de tonto, porque, como si quisiera evitar dicha mirada, añadió:

—Perdona si ha sonado raro. Bueno, creo que debería ir haciendo la cena. —Y se puso de pie en silencio para alejarse de la ventana.

Eso no pasará nunca, pensé. *Estaremos juntos siempre. Nos haremos mayores juntos.*

Si hubiera sido capaz de pronunciar aquellas palabras en voz alta mientras ella se apartaba, ¿nuestro futuro habría cambiado? Era la pregunta que me hacía, todavía medio dormido.

Sin embargo, la versión de mí mismo del sueño se quedó callado. Mirando por la ventana sin decir nada.

Y seguía mirando cuando el cielo anaranjado cedió el escenario a la oscuridad.

—Hiro…

Iba andando por la calle, con los hombros encorvados, cuando alguien me llamó y me pegó un buen susto.

—Ay, ¿te molesta que te llame así? Es como te llamas, ¿no? Hiroyuki Numata, digo. He pensado que mejor te llamo por tu nombre, ¿no crees? ¿O prefieres que lo acorte a Numa-san?

Ayako estaba plantada en medio de la calle del mercado Yanaka Ginza, vestida con una sudadera gris y su larga melena recogida. Solté un ligero suspiro con discreción para que no se diera cuenta: al llamarme, me había perdido por un momento y no supe decir si estaba soñando o no hasta que me di media vuelta.

—¿Vas para la cafetería? Podemos ir juntos si vas para allá. He traído una planta del trabajo para llevarla, a ver si el dueño quiere ponerla cerca de la ventana. Mira, es una amarilis —me dijo, mostrándome la bolsa de plástico transparente que llevaba. Un botón hinchado acababa de brotar de la macetita. Aunque seguramente no me habría enterado de que era una amarilis ni aunque estuviera en flor.

Fuimos andando juntos por la calle del mercado.

—Qué buen tiempo hace hoy también —comentó despreocupada, con la vista en el cielo despejado.

—Sí, ¿verdad?

—Las nubes son como de algodón de azúcar.

—Sí, ¿no?

—Mañana también hará bueno.

—Pues sí.

—Pues no: mañana dicen que estará nublado, era una pregunta trampa. Hiro, menudas respuestas más sosas me tienes hoy.

Me dio un golpecito en la parte de arriba del brazo. Cada vez que me llamaba «Hiro», notaba un escalofrío en la espalda. Y era como había decidido llamarme, así que lo llevaba claro.

—Ah, sí, perdona…

—Vale, dejaré que me invites a un café.

—Vale.

—Que no, que es broma. Ya pago yo. Que no soy ninguna aprovechada, ¿sabes?

—No, pero me dijiste que el trabajo no te iba muy bien últimamente.

—Para el café sí que me alcanza, hombre. Al ser autónoma, tengo que pensar en el futuro e ir ahorrando. Además, el que no tiene trabajo eres tú. ¿Estás bien así?

—De momento sí —le dije—. Tengo para ir tirando.

—Vaya. —Ayako soltó un quejido gracioso—. ¿Cuánto tienes ahorrado? La próxima, nos enseñamos la cartilla y el que tenga menos se queda con todo. «Da de tu pan al hambriento», como dicen por ahí.

—Creo que por esta vez paso.

—Qué rápido te lo has pensado.

Seguimos andando juntos, casi sin prestar atención a por dónde íbamos, y nos volvimos para meternos en una callejuela que bien se podría haber pasado por alto.

Después de aquello, me encontré con Ayako dos ocasiones más en el café Torunka. La primera vez solo nos saludamos de pasada, pero la segunda sí que hablamos un rato. Como la vez anterior, más que nada fue ella quien habló, sin que yo estuviera seguro de si lograba llenar los silencios de la conversación, pero me alegré de estar con ella de todos modos.

Que solo necesitara algo así de insignificante para animarme tanto me desconcertaba un poco; me parecía haber encontrado un nuevo motivo por el que quedarme en el vecindario. Hasta que hablé con Ayako, había pasado el rato allí, incapaz de situarme, como un extraño en un lugar desconocido. Sin embargo, en cuanto había empezado a hablar con ella, la distancia que había notado con todas las demás personas de la zona pareció desaparecer y volví a sentirme como si formara parte de todo una vez más. Más que ninguna otra cosa, era aquello lo que me hacía feliz.

Pero lo que me preocupaba era la propia Ayako. Aquella vez que me había dejado llevar y le había preguntado si podíamos volver a charlar…, ¿qué habría pensado ella de verdad? Claro que no sabía que era el exnovio de su madre, el hombre que la había apartado sin pensárselo dos veces. No, para ella era un hombre tristón de mediana edad con el que se encontró por casualidad un buen día. No podía negar que era sospechoso.

Aun con todo, no vi ningún indicio de que no estuviera contenta ni de que se aburriera en lo que bromeaba conmigo y andábamos juntos. Todo lo contrario: a menos que no lo estuviera entendiendo, hasta me parecía que se lo pasaba bien. ¿O es que se le daba muy bien ocultar lo que sentía? Según vi, era tan amable como Sanae, por lo que cabía la posibilidad de que hubiera decidido compadecerse de un hombre que estaba claro que no pasaba por su mejor época.

Pero bueno, de nada me servía ponerme a sospechar sin razón, porque uno nunca sabe lo que sienten los demás. Hasta que volví, ni me había pasado por la cabeza que iba a ser capaz de hablar con Ayako, de modo que charlar un rato con ella ya me bastaba.

Entramos en la cafetería y nos volvimos a sentar a una mesa, uno enfrente del otro.

Pedí lo de siempre, la mezcla de la casa, y ella, un café con leche.

Tachibana se dispuso a preparar los cafés y metió los granos en el molinillo. La luz del sol pasaba en silencio al otro lado de los vitrales.

—Cuánto relaja este sitio —comentó Ayako, más cómoda que nunca, en lo que dejaba su gran mochila a un lado.

Un anciano de cabello blanco al que siempre veía por allí (creo que se llamaba Takita o algo así) bebía café y charlaba con Tachibana.

—El barrio ha cambiado muchísimo, ¿eh? Antes los chicos se iban a jugar a los solares vacíos, pero ahora no hay más que casas y más casas. Hasta hay menos gatos callejeros, mira tú.

Tachibana respondió con una sonrisa forzada, algo que también había visto más de una vez.

Poco después, el joven que trabajaba a tiempo parcial en la cafetería nos trajo el pedido y Ayako se puso a hablar con él mientras le daba la planta para el local.

—¿Cómo llevas lo de la explotación laboral, jovencito?

—Ni soy un niño ni me tienen explotado. Pero gracias por las flores, como siempre.

Siempre le veía un dejo tranquilo y parecía ser muy distinto a la mayoría de los jóvenes, sin la terquedad característica en su edad. Aun así, se las arreglaba para ser atento a su manera particular; debo admitir que no me disgustaba. Además, Ayako y él parecían llevarse bien.

—Oye, ¿fuiste a la liquidación de la feria de libros de segunda mano?

—Pues claro.

Parecían pasárselo muy bien juntos, charlando de un tema que los del vecindario debían de conocer.

—Por cierto, me dijo Shizuku que ahora tienes otro trabajo a tiempo parcial. Qué complicado, ¿no? ¿Vas bien con tu búsqueda de uno fijo para cuando te gradúes?

—Me va bien en los dos, sí.

—Vaya, ya veo que te has vuelto un hombre hecho y derecho. Y mira que hace nada decías que querías repetir el año.

—Ese era el antiguo yo. Estos días no falto a mi palabra —dijo el joven con su calma de siempre—. Disfrutad del café —añadió con una pequeña reverencia antes de volver a la cocina.

—Qué buena es la juventud; no ha tardado nada en ponerse así de serio. Ah, así es el amor —dijo Ayako en voz baja mientras lo observaba marcharse. Y entonces salió con otra de sus frases extrañas—: «El amor es lo que nos alegra la vida. El amor es lo que nos colma de riqueza».

Estaba tan anonadado que tuve que decir algo.

—Pero si tú también eres joven. ¿No tienes novio?

—¿Yo? No, nada de eso. He decidido que por el momento voy a dedicarle toda mi energía al trabajo.

Tras dar un sorbo a su café con leche y lamerse la espuma del labio superior, le pregunté (con cierta torpeza) si creía que el amor y el trabajo podían coexistir.

—¿Eso te parece, entonces?

—Exacto. Pero sé que quiero empezar una familia cuando todo vaya mejor con el trabajo. Entonces ya me pondré a buscar marido —añadió con una risa alegre.

Ayako tenía una mitad que siempre miraba al futuro, que casi era filosófica incluso, y otra que más bien parecía infantil. Estaba todo como desequilibrado. Aunque creo que formaba parte de su encanto.

—¿Y tú? ¿Tienes familia?

—No —negué—. Estuve casado, pero no salió bien la cosa.

—¿Ah, no?

Volví a verla preocupada, como cuando hablábamos del trabajo. Sus reacciones eran fáciles de captar: otra característica heredada de su madre. Como no quería que nos pusiéramos a hablar de algo tan triste, cambié de tema.

—Por cierto —le dije—, parece que hace tiempo que vienes a esta cafetería, ¿no?

—Desde la secundaria, sí. A Shizuku la conozco desde antes de que ella fuera a preescolar. Y, como ves, la he cambiado a ella y a la forma en la que habla, para bien o para mal. Toshiko, la mujer del dueño, vive en otro país ahora, pero en aquel entonces me trató superbién.

—Ah, ya veo.

La cafetería parecía importarle mucho, quizá tanto como me había importado a mí la Nomura.

—Siempre llevas ese mochilón encima —le comenté, porque me daba curiosidad, señalando con la barbilla. Lo llevaba a todas partes, aunque fuese demasiado grande para dar una vuelta por el barrio y nada más, así que quería saber a qué se debía.

—Ah, ¿esto? Es porque voy con el cuaderno a todas partes.

—¿Y ahí es donde dibujas?

Es lo que me había imaginado y me eché un poco hacia delante: tenía que ver cómo eran los dibujos de la hija de Sanae.

—Nadie escribe novelas ahí, claro.

—¿Me dejas verlos?

—Eh… Vale, pero son unos dibujitos y ya está, nada del otro mundo.

Me acercó el cuaderno y dejó claro que le daba vergüenza.

En aquel grueso cuaderno había dibujos (supongo que se les podía llamar así) hechos en lápiz de cosas como las viviendas y tiendas de las calles cercanas, gatos callejeros, la vista desde la floristería en la que trabajaba y ancianos sentados en un banco a un lado de la carretera. Hasta había dibujado el panorama del interior del café Torunka desde la mesa a la que nos sentábamos en aquel mismo instante. La luz que se colaba por la ventana, el ambiente tranquilo y en penumbra, la calidez del interior... El dibujo se las arreglaba para transmitirlo todo.

—Dibujo lo que veo cuando salgo a pasear, más que nada para practicar —dijo como si nada, pero a mí me impresionó muchísimo que pudiera dibujar algo de tanta calidad solo para practicar.

Con tan solo líneas negras sobre las páginas color crema de su cuaderno, había sido capaz de plasmar el ambiente del barrio entero. Me quedé pasando las páginas boquiabierto; era como ver el vecindario cobrar vida en una página.

—Es impresionante. —De verdad me estaba quedando anonadado con los dibujos.

—Que no, si son unos garabatos de nada.

—¿Qué dices? Ni hablar, son mucho mejor que eso. ¿Cómo es que no consigues trabajo si se te da así de bien?

—No, no, hay muchos que saben dibujar mejor que yo, que tienen su estilo propio.

Si aquello era cierto, ser ilustrador debía de ser muy duro. ¿Cómo podía haberse metido en un mundo así? Aferrado al cuaderno, le murmuré lo que me preocupaba.

—Eso fue gracias a mi madre —se rio ella.

—¿Tu madre? —Alcé la vista sin darme cuenta de lo que hacía.

—Sí. Cuando no me decidía entre ir a estudiar arte o no, y luego cuando no sabía si meterme en un trabajo a tiempo completo o ser autónoma, fue ella la que me iba animando. «Si es lo que quieres hacer, deberías hacerlo», me decía. Mi padre se fue de casa cuando yo era pequeña y mi madre trabajaba en la tintorería, así que no teníamos mucho dinero. Y ella siempre me decía: «Tú no

te preocupes por el dinero. Tus sueños son mis sueños».
Aun así, la matrícula de la Facultad de Arte cuesta un ojo
de la cara, ¿sabes?

—¿Ah, sí? —contesté, pensando en que me encajaba
mucho con ella. Era justo lo que diría.

—Así era ella, siempre me ponía a mí por delante. Me
apoyó y me crio ella sola.

—¿En serio? —Ya lo entendía. Me lo imaginaba todo a
la perfección.

—Sí. —Ayako se quedó callada unos segundos, con la
mirada entornada—. A veces era mucha presión para mí ver
lo amable y cariñosa que era. Hizo muchísimo por mí y yo
no podía darle las gracias. Así que pensé que, si un día hacía
muy bien mi trabajo, podría darle una sorpresa. Que podría
decirle: «Mira, mira esto tan increíble que ha hecho tu hija»,
y eso iba a compensar el no haberle dado las gracias. No me
había imaginado que fuera a morir tan joven. Es como eso
que dicen: «Nadie sabe lo que tiene hasta que lo pierde».

—¿Estaba enferma? —Al tiempo que se lo preguntaba,
noté un dolor en el pecho, como si algo me constriñera.

Ayako soltó un suspiro y, cuando respondió, fue con
una voz mucho más baja de lo normal.

—Sí, no fue mucho después de que la diagnosticaran
de cáncer. No duró ni un año.

—Ah.

—Lo siento. Cuando me pongo a hablar de mi madre, me
pongo triste. No puedo evitarlo. Pero bueno, el motivo por el
que me esfuerzo tanto ahora es ella, así que tengo que vivir
de una forma que no la avergüence. A eso me refería antes
cuando te he dicho que quería formar una familia. Es porque
admiro mucho a mi madre que también quiero llegar a serlo
—siguió, ya con la alegría que la caracterizaba.

Quizá me lo estaba imaginando, pero creí notar cierta tristeza en su tono de voz de todos modos.

—Seguro que... —Si bien era lo que solía decir todo el mundo, tenía la sensación de que tenía que hacerlo—: Seguro que tu madre te apoya desde donde esté.

Ayako se quedó en silencio unos segundos, parpadeando sin decir nada, y entonces me sonrió.

—Tienes razón, ¿sabes? Lo creo de verdad.

—Yo también —dije con toda mi convicción.

Debió de parecerle gracioso, porque frunció el ceño y se echó a reír.

—Eso no suena para nada como algo que dirías tú —dijo con una sonrisita burlona.

—Claro que sí —me quejé, pero mi molestia solo la hizo reírse más aún.

—Bueno, nos acabamos de conocer, así que seguro que hay mucho que no sé de ti; dejémoslo ahí. Pero bueno, si de verdad te gustan, podría hacer un dibujo de ti —soltó de pronto.

—¿De mí?

—Claro. Si ahora mismo te va bien, podría hacerlo en menos de diez minutos. Tienes una cara muy distintiva, Hiro. Creo que sería interesante dibujarte.

Ayako abrió el cuaderno y ya tenía el lápiz en la mano, con una sonrisa traviesa. Me apresuré a rechazarla, porque me era imposible pedirle algo así. Me daba demasiada vergüenza.

—No, no, dejémoslo por ahora. Quizá otro día.

—Vaya, menudo chasco. ¿No conoces el refrán ese de «escríbete en el corazón que cada día es el mejor día del año»? —me preguntó, claramente enfurruñada.

En junio, el sol de mediodía ya era más intenso.

Seguía la misma rutina todos los días y, cuando quise darme cuenta, ya llevaba más de un mes en el barrio. La amarilis tan bien colocada en la ventana salediza del café Torunka había producido una flor color rojo intenso, y así fue como me enteré de cómo eran las flores de la amarilis. Tenía una forma rara, como de trompeta, y tomaba el sol tranquilamente en la ventana.

—Bueno.

—¿Qué se le ofrece?

—Qué calor hoy, ¿verdad?

—Pues sí.

—Y ya mismo es verano.

—Luego llegarán las lluvias.

Tachibana y yo charlábamos así; ya se estaba convirtiendo en rutina en el café Torunka.

Después del mediodía, cuando el local estaba casi vacío, había un ambiente tan agradable que a veces me quedaba más de lo que pretendía.

—Parece que Ayako no va a pasarse por aquí hoy. Suele seguir sus caprichos, así que uno nunca sabe cuándo va a venir. Además, creo que a veces trasnocha para ponerse con sus ilustraciones —comentó Tachibana, quizá al imaginarse que me estaba aburriendo.

—Ah, no pasa nada. Solo somos conocidos, la verdad. Ahora que lo pienso, ¿podría preguntarle algo?

Tenía la esperanza de aprovechar que Ayako no estaba allí y que no había muchos clientes para preguntarle algo que me había estado carcomiendo por dentro.

—Claro, dígame.

—¿Qué lo hizo querer regentar la cafetería?

El ceño fruncido, siempre presente en la expresión de Tachibana, se convirtió en una mueca.

—Mmm... —soltó en voz baja, cruzando los brazos.

—Perdone, no pasa nada si no quiere hablar del tema.

Temía haberme pasado de la raya por dejarme llevar. En todas nuestras conversaciones, él nunca me había preguntado por mi vida, por mi historia. Supuse que había vuelto a meter la pata.

—Ah, no, no es eso. Es que tampoco es una historia tan interesante. Pero si quiere, se lo cuento.

Me alivió ver que no parecía muy molesto por la pregunta.

—Si no le importa, soy todo oídos.

—No será la primera vez que oye algo así, ya le digo. Antes era oficinista y dejé el trabajo.

—¿Tenía un trabajo de oficina? Mire que me cuesta imaginármelo —dije, parpadeando de pura incredulidad. A mí me parecía que había nacido detrás de aquella barra, que se ponía a preparar cafés entre biberón y biberón. Es que el trabajo encajaba muchísimo con él.

—Bueno, no sé si podría decir que era oficinista oficinista tampoco. Trabajaba cobrando deudas para una empresa de préstamos. No era una de estas turbias que concedía préstamos ilegales ni nada, pero no me sentía bien haciendo ese trabajo. Le estaba sacando los cuartos a gente que no tenía ni para pagar la comida del día siguiente.

Me sorprendió de veras ver lo que se escondía detrás de aquel rostro tan serio. Cuando me lo imaginé yendo a cobrar deudas con aquella cara y esas emociones por dentro, cuadrando los hombros para intimidar más, me dieron pena los endeudados.

—Aun así, era mi trabajo e íbamos a comisión, así que me esforzaba; tenía una familia a la que mantener. El problema es que hacer un trabajo así durante tanto tiempo te cambia la mentalidad. Uno mira a los clientes y solo ve billetes.

—Ya veo.

A mí me pasó algo parecido: cuando empecé el trabajo, los ricachones que teníamos por clientes solo eran fajos de billetes para mí. Conforme pasaba el tiempo, dejé de dudar de si debería verlos así o no.

—Y un día, uno de mis clientes, un hombre de cuarenta y pico de años, se cortó las venas en la bañera. Casi se muere; de pura casualidad, yo había ido a verlo justo entonces y llamé rápidamente a una ambulancia. El tipo era adicto al juego y también les debía un dineral a otras empresas, estaba entre la espada y la pared. Se podría decir que no tenía cómo salir de aquello.

—No tenía cómo salir. —Repetí lo que acababa de decir Tachibana y la vergüenza me cubrió entero.

—Pero ¿no te parece absurdo morir solo por el dinero? Aun así, era yo el que lo acosaba y, hasta aquel momento, cuando lo miraba, solo veía dinero. Cuando me di cuenta de eso, me di asco a mí mismo. Menos mal que estaba allí, porque si no sí, que habría muerto. Me daban escalofríos solo de pensar en ello, me entraban los sudores fríos. Ahí vi lo horrible que era aquel trabajo y empecé a notar el peso sobre los hombros.

Nada más decirlo, Tachibana hizo una pausa, como si estuviera rememorando aquellos tiempos.

—Un momentito —dijo y, después de aquello, se puso a rebuscar en un cajón.

Miró en derredor para ver si había moros en la costa y se encendió un cigarro. ¿Acaso no era el mismo hombre que me había insistido en que uno no debía mezclar el café con algo que sí fuera perjudicial para la salud, como el tabaco? Y se puso a darle largas caladas, a exhalar con una satisfacción muy obvia. Creía que debía decirle algo, pero, como también quería que acabara de contarme la historia, opté por quedarme callado.

—Cuando le dieron el alta, lo llevé a rastras al despacho de un abogado que conocía y él le dio consejos sobre cómo consolidar las deudas. Le dije que, como su situación se había vuelto un poco más llevadera, tenía que dejar de pensar en morir. Yo ya sabía que no debía hacer algo así, claro; al fin y al cabo, trabajaba cobrando deudas. Si iba a ejercer sus derechos legales, nosotros íbamos a cumplir, pero era absurdo que fuéramos nosotros quienes le explicáramos qué derechos tenía.

»Sobra decir que, en cuanto mis jefes se enteraron, me echaron. Fue justo después de que naciera mi hija mayor y, después de preocuparme y de darle vueltas a todo, decidí que quería montar una cafetería en el barrio. Era un sueño de infancia que tenía, ¿sabe? Por eso le pregunté a la señora Nomura si le podía comprar el local que acababa de cerrar. Gasté todos mis ahorros, acepté un préstamo y ni con eso llegaba, así que también nos ayudó la familia de mi mujer. Solo con prepararlo todo ya se nos fue medio año. Hasta a mí me sorprendió lo arriesgado que era lo que quería hacer. Pero después de eso, tengo un trabajo en el que puedo conocer a mis clientes uno por uno, un lugar en el que lo que hago los hace sonreír.

La historia me abrumó y, al pensar en la cafetería, vi que era tal cual como el dibujo de Ayako. Hay muchos tipos de persona en este mundo, muchísimas cosas que uno no sabe si no se para a preguntar. Si bien no sabía cómo expresar nada de aquello, lo sentía en mis adentros.

—¿Y qué fue del tipo aquel?

—Pues mire, hace unos años, se pasó por la cafetería a darme las gracias, con lágrimas en los ojos. Me dijo que era la razón por la que seguía con vida.

—Vaya, ¿en serio?

—No, es mentira.

—¿Cómo? —Había caído en la broma y solté la pregunta en un gritito. Tachibana sonrió por haberme engañado.

—Habría sido un buen final para la historia, ¿no cree? Pero no, no he vuelto a verlo. No me dio las gracias después de todo aquello ni nada. Había veces que me enfadaba con él; era culpa suya que hubiera perdido el trabajo y que mi familia casi se hubiera quedado en la calle. Pero ahora le estoy agradecido, porque me dio la oportunidad de reevaluar lo que hacía con mi vida. Si no hubiera ocurrido nada de aquello, no estaría aquí esforzándome con cada café que hago. Tampoco le digo que fuera el mejor camino para llegar hasta aquí, pero lo que pasó aquel día me dio la oportunidad.

Se fumó el cigarro hasta llegar al filtro y lo apagó en el cenicero.

—Así que espero que le vaya bien y, si algún día quiere venir, lo recibiré con los brazos abiertos —dijo para concluir el discurso de forma magnánima.

—Anda. Oiga, perdone que sea tan fisgón.

—No ha sido una historia muy interesante, ¿no?

—Todo lo contrario, ha sido de lo más interesante —dije con sinceridad.

Estaba saboreando el café y dándole vueltas a lo que me acababa de contar cuando la puerta se abrió con un estruendo y, al alzar la mirada, vi que la hija de Tachibana entraba como un torbellino.

—¡Papá! Estabas fumando, ¿verdad?

Al ver que se trataba de su hija, el comportamiento confiado y seguro de Tachibana desapareció al instante y la miró como un conejito asustado.

—N-no, Shizuku, qué va.

—¿Cómo que no? ¿Y esta colilla qué? El señor Numata no fuma, solo has podido ser tú.

—Es que estaba recogiendo y seguro que me la he dejado por ahí. ¿Verdad, Numata?

—¡No me mientas! Has intentado salirte con la tuya porque yo no estaba. Da igual si no quieres dejarlo, pero es que eres tú el que siempre dice que lo va a dejar. El que dice que fumar solo trae consecuencias negativas y ninguna positiva. Y eres tú el que me dijo que me iba a pagar un millón de yenes si te pescaba fumando. No deberías prometer algo así si no piensas cumplirlo. Y ahora lo haces a escondidas como un delincuente juvenil. Así que vamos, tirando para el banco a sacar el millón de yenes. ¡Si es que los tienes!

Me quedé anonadado viéndolos discutir, hasta que de repente, y de verdad me refiero a de un momento a otro, me entraron ganas de echarme a reír. ¿Qué ocurría allí? ¿Qué pasaba con aquella familia?

Me reí tantísimo que ni yo mismo me lo creía. Tanto que me temblaban los hombros y tuve que apoyar la cabeza en la barra. ¿Cuántos años hacía que no soltaba unas carcajadas tan sentidas?

Reía y reía, y Tachibana y su hija interrumpieron su pacífica guerra verbal para mirarme, sorprendidos, sin saber qué me hacía tanta gracia.

La expresión que les vi me pareció tan graciosa, tan encantadora por la razón que fuera, que me dieron más ganas de reírme.

—Hiro, te noto algo distinto —me dijo Ayako sin que yo me lo viera venir mientras tomábamos el café a primera hora de la tarde, como siempre. Me miraba como si me estuviera estudiando la cara.

—¿Cómo que «distinto»?

—Sí, como si fueras más blando que cuando nos conocimos.

—Creo que no he engordado…

—No me refiero a eso, no es ese blando —dijo agitando una mano con cara exasperada—. Es que, cuando nos conocimos, parecía que querías guardar las distancias con los demás. Y ahora pareces haberte ablandado con eso.

—¿Tú crees? —Me encogí de hombros; no creía haber cambiado nada.

—Pues sí. Tienes una parte así como misteriosa, ¿verdad? Y es por eso que cuesta acercarse a ti, pero creo que ya ha desaparecido.

—No tengo nada de misterioso.

—Que sí, que eres un enigma. O sea, no sé a qué te dedicas ni dónde vives, eres hombre de pocas palabras. Como James Bond. Pero también tienes una amabilidad que sorprende.

No sabía cómo contestar; no tenía ni idea de que pensaba eso de mí y no me parezco a James Bond ni en el blanco de los ojos. No intimido tanto y no voy a darme media vuelta y a disparar a nadie solo por acercárseme por detrás. Además, tampoco creo que sea una persona amable.

—Solo soy una persona con más tiempo libre del que debería. —Di un sorbito de café después de pronunciar aquella respuesta tan escueta—. Y ahora mismo no tengo casa, vivo en un hotel.

—Mmm. Más misterioso aún. Pues a mí me gustas, Hiro, incluso con ese lado misterioso —dijo.

Le apareció una sonrisa en el rostro, como una flor en plena primavera, y casi se me cayó el café.

—¿Eh?

—No, no, no. No me refería a eso. Digo que me gustas como persona, como un amigo mayor digamos. Me gusta hablar contigo. Además, cuando estamos juntos, me siento cómoda —explicó antes de dar un sorbo de su taza con más leche que café y sonreírme.

—Y yo me lo creo —repuse un poco molesto—. Si yo pongo incómodo a todo el mundo.

—A lo mejor sí, pero yo no soy como todo el mundo. Y Shizuku siempre me dice que el señor Numata le parece muy interesante.

—No hace falta que me trates con tanto cuidado, si seguro que solo vienes a hablar conmigo porque te doy lástima. Intentas animar a un viejo que se siente solo porque puedes ser amable con cualquiera.

Mientras iba diciendo aquello, me sentí más desdichado que nunca. Aunque creyera que era verdad, me dolía más decirlo en voz alta.

—¿Qué? —Ayako alzó la voz de pronto—. ¿Te crees que soy una santa o algo? ¿No sabes eso que dicen de que «un amigo de todos no es amigo de nadie»? No soy tan arrogante ni tampoco tengo tanto tiempo libre como para esas cosas. Vengo porque me gusta hablar contigo, Hiro. Por favor, que has vivido el doble que yo, ¿de verdad te lo tengo que explicar?

—Pero… —Intenté seguir discutiendo con ella, solo que me cortó con una mirada fulminante.

—Ni peros ni peras. Si sigues hablando así, me enfadaré de verdad.

—Y eso no puede ser…

—Pues punto final.

Y, con aquello, Ayako puso fin a la conversación.

¿Cómo puedo explicar la forma en que me sentí?

Estar con Ayako siempre me animaba. Por supuesto, dudo de que lo hiciera adrede, pero ¿cuánto me había ayudado el hablar con ella? Con tan solo pasar un rato a su lado ya conseguía que desapareciera mi miedo sobre el siguiente episodio. De hecho, hasta llegaba a creer que el médico se había equivocado con su diagnóstico, que la bomba que creía llevar en mi interior eran imaginaciones mías y nada más. Después de pasar el día con ella, volvía al hotel tranquilo y podía quedarme dormido de inmediato. Su presencia bastaba para protegerme de mi ansiedad, de mi intranquilidad.

Vaya por Dios; me las había arreglado para depender de una chica lo bastante joven como para ser mi hija.

—¿Y dónde está el hotel ese que me dijiste?

Al día siguiente, me hizo aquella pregunta mientras se zampaba un plato de pollo al curri. Se había presentado en el café Torunka dos días seguidos, algo nada común en ella.

—Hay un hotel para oficinistas al final de la calle Shinobazu, ¿te suena? Pues ahí es —repuse, sin saber a qué venía la pregunta.

En cualquier caso, qué bien se le daba comer; no sabía dónde metía tanta comida, con lo delgada que estaba. Como yo cenaba más que nada rollitos del supermercado, me costaba creérmelo.

—Ah, sí, ese. Oye, ¿no es muy caro? Estaba pensando que a lo mejor deberías alquilar un piso o algo, ¿no? Vivir en hoteles sale carísimo.

—Es que es demasiado complicado.

—¿Otra vez con lo mismo?

Ayako frunció el ceño y me dedicó una mirada seria. Era lo que hacía cada vez que le daba una respuesta que no le gustaba.

—Me lo estaba pensando anoche: creo que te iría bien tener casa propia en el barrio. Así te sería más conveniente, ¿no crees? Además, de algo vas a tener que trabajar en algún momento y este es un buen barrio. Todo el mundo es amable, nadie va corriendo para llegar a ningún lado, hay buen ambiente en la calle del mercado y tiene un montón de cafeterías. Aparte de lo complicado que es, como dices, ¿hay algún otro motivo por el que no quieras, señor Misterioso?

—Ya te dije que no tengo nada de misterioso —insistí de mala gana.

—Entonces no hay ningún otro problema, ¿no? —repuso ella, aprovechando la ocasión. No había ni rastro de maldad en su expresión—. A lo mejor crees que no es asunto mío, pero solo te decía lo que pensaba de ti como amiga. Y ya que soy yo la que ha sacado el tema, ¿te parece si te ayudo a encontrar piso?

—No, no iba a eso. Es que ni siquiera me lo había planteado.

Jamás había soñado con poder vivir allí, ni siquiera se me había pasado por la cabeza; de hecho, me imaginaba que en algún momento me iba a ir, me parecía lo más normal. Sin embargo, al darle vueltas a aquella idea inesperada, me emocioné. Era el barrio de Sanae y había pasado a ser en el que vivía su hija. Y yo me estaba poniendo a hablar de instalarme allí, de encontrar trabajo y empezar una nueva vida.

—Podría estar bien.

—¿Es entusiasmo eso que noto en tu voz? —Los ojos de Ayako brillaron con una emoción infantil por la aventura—. En ese caso, te presentaré a un agente inmobiliario que conozco.

Aun así, con la vida que había llevado, no había ningún motivo para que imaginara que me iba a ir bien con un plan como aquel.

El episodio que me dejó para el arrastre delante de la floristería no fue nada comparado con el siguiente.

Me pasó de noche, en la ducha. De buenas a primeras, noté un dolor repentino en el pecho, un dolor insoportable que me tiró de espaldas e hizo que me diera de cabeza contra el suelo del baño. Mientras el agua caliente me caía encima, intenté salir arrastrándome, como Dios me trajo al mundo, y me acerqué a la cama goteando. No sé cómo me las arreglé para llegar al teléfono de la habitación y no recuerdo qué fue lo que dije al auricular, conectado a una línea directa con recepción, pero algo sí que logré decir. Estaba ido.

Tampoco sé cuánto tiempo pasó después de aquello. En lo que me desmayaba, oí a alguien llamando con urgencia a la puerta y, cuando abrí los ojos, ya estaba en la cama del hospital.

Según el médico, llevaba inconsciente más de un día y la situación había sido bastante grave cuando me metieron en la ambulancia. Tenía la cabeza envuelta en una venda blanca, imaginaba que del porrazo que me había dado contra el suelo.

Cuando me desperté, me temblaba todo. Y no por la caída, sino por cómo había actuado cuando me dio el episodio. Me había arrastrado hasta la cama para que alguien me ayudara como fuera. Siendo sincero, no me daba mucho miedo morir; el médico siempre se cabreaba y me decía: «Tiene usted muchas ganas de morir, ¿no?».

Aun así, en aquel instante, lo que sentí fue un miedo a la muerte muy claro. Pensé que no quería morir, que la muerte implicaba dejar de existir en el mundo sin poder despedirme de nadie, y eso sí que me aterraba.

—Bueno, me alegro de que esté mejor —me dijo el médico, al lado de la cama, en voz alta y clara—. Pero no le garantizo que vaya a tener la misma suerte la próxima vez. ¿De verdad quiere vivir así? Se lo digo porque me preocupo por usted.

No supe qué contestarle.

«A estas alturas, si no se opera, le queda medio año de vida».

El médico me había soltado aquella noticia bomba después de que me llevaran al hospital cuando sufrí el primer episodio, tres meses antes. Dicho de otro modo, me quedaban menos de tres meses. Justo cuando por fin había conseguido salir del infierno que era el alcoholismo, cuando ya atisbaba el ligero brillo de la esperanza, me pasaba aquello. Supongo que todo era culpa mía, pero estaba desesperado.

Las posibilidades de éxito de la operación eran de poco menos del sesenta por ciento, según me contó el médico en aquella ocasión.

—Pero todavía es joven, no es demasiado tarde. No se dé por vencido.

Sin embargo, cuando me recomendó operarme, me negué en redondo. Me pidió que me lo pensara bien, claro, pero es que tan solo darle vueltas a ello ya me parecía demasiado complicado.

Incluso si superaba aquellas posibilidades y lograba sobrevivir, me esperaba una larga rehabilitación y, en ciertos casos, hacía falta más de una operación. No tenía fuerzas para aguantar algo así y no me imaginaba un futuro en el que tanto sufrimiento valiera la pena. Además, el dinero era otro problema, por descontado. Y en cuanto al cuarenta por ciento de posibilidades restantes… No quería ni pensar en ello.

Me abrumaba solo de plantearme los problemas que tenía por delante, así que, un día sí y otro también, posponía el darle mi respuesta al médico.

Y allí estaba el resultado. Al poder ver la muerte tomar forma y acercarse a mí, me quedé aterrado. Me puse a temblar como nunca; si había algo a lo que no podía enfrentarme era aquello.

«El mundo es precioso y vale la pena luchar por él»: recordaba lo que Ayako me había dicho la primera vez que había hablado con ella en el café Torunka. Si luchaba, ¿de qué me iba a servir? Se suponía que Hemingway era un gran autor, pero ¿qué pruebas había tenido para hacer una afirmación como aquella? ¿Qué lo había llevado a escribir la frase?

—Dejemos el tema de la operación por el momento y llevémoslo al hospital. Si no me equivoco, usted no tiene familia, ¿verdad? Más motivo para que acepte la operación.

Aunque había rechazado sus recomendaciones hasta el momento, en aquella ocasión mi única opción era seguir sus órdenes.

¿Y si terminaba desmayándome en el café Torunka? Eso sí que sería grave; no podía meterlos en aquella tesitura, con lo buena gente que eran. Y yo solo era un hombre que había decidido entrar por la puerta un buen día, no era capaz de molestarlos tantísimo a todos. Tenía que hacerle caso al médico, no había otra opción.

—¿Qué le parece dentro de tres días? No hace falta que vayamos con prisa. Así nos aseguramos de que tenga usted una cama libre.

—Vale —dije con mi brusquedad de siempre, aunque añadí en voz más baja—: Estoy en sus manos.

Me quedó muy claro que había causado demasiados problemas en el hotel en el que me hospedaba como para seguir allí más tiempo. Después de recogerlo todo en la única mochila que tenía, estaba listo para irme. Pagué por todos los días y me pasé a un hotel más pequeño, al otro lado de la estación.

¿Cómo quería pasar mis últimos tres días?

Me lo pensé en la triste habitación de hotel, pero no se me ocurría nada. En tres días no se podía hacer gran cosa y, si acababa con mejores recuerdos durante aquel periodo, me iba a costar más irme.

Aun así, sabía que al menos debía ir a ver a Ayako y a Tachibana para darles las gracias. Podía contarles una mentira apropiada, quizá que me iba a ir durante un tiempo. Así, se acabarían olvidando de mí. Quizá era lo mejor, sí.

Me levanté despacio y me dirigí a la callejuela de siempre.

—¡Ah, ahí está! —Al abrir la puerta de la cafetería, la voz de Tachibana fue lo primero que oí.

—¡Ayako! ¡Numata ha vuelto!

Desde detrás de la barra, Tachibana le dedicó una ligera riña a su hija.

—Shizuku, es mejor que digas: «El señor Numata ha regresado».

—Que sí, que sí —suspiró ella.

—Con un «sí» basta.

—Ya está bien. Es por eso que Kōta te trata de mocosa a tus espaldas.

—¿Cómo que «mocosa»? La próxima vez que venga Kōta, se va a enterar de lo que vale un peine.

Tachibana se volvió para pedirle ayuda al joven que trabajaba a tiempo parcial.

—Oye, Sylvie, dile algo a la cabezona de mi hija.

—¿Cómo que Sylvie? —respondió el joven de inmediato—. Por culpa de Shizuku me llaman así hasta los clientes.

—Oye, Sylvie, ¿me traes otra taza?

—Todo es culpa de ella —se quejó el joven, mirando al señor Takita, el hombre mayor que le había pedido el café.

Si bien hacía tan solo un minuto me habían carcomido los nervios por volver a la cafetería, al estar de nuevo en aquel ambiente animado me alivié de inmediato. Aunque ¿quién diantres era Sylvie? No tuve tiempo para pensármelo mucho, porque oí una voz que me llamaba desde una mesa de atrás.

—Ay, Hiro, por fin te veo. ¿Por qué no viniste ayer ni antes de ayer? Te estaba esperando.

A pesar de no haber pedido nada, Tachibana ya me estaba preparando una taza de la mezcla de la casa. Me acerqué a Ayako, quien me llamaba con la mano, y me senté delante de ella.

—Perdona, es que tenía cosas que hacer.

—¿Ah, sí? Cosas misteriosas, ¿eh? No pasa nada. Pero mira, mira lo que te traigo. ¡Tachán! —soltó Ayako, más animada de lo normal, en lo que desplegaba unos papeles tamaño A4 en la mesa.

Había unos cuantos y, cansado, recogí uno para ver que era un anuncio de piso para alquilar.

La miré sin saber qué pensar.

—Pensé que sería mejor escoger algunos que me parecieran bien en la agencia antes de que cambiaras de parecer. Mira qué buena amiga que tienes, Hiro. Como dicen por ahí: «La amistad es un acuerdo en el que intercambiamos pequeños favores por otros más grandes».

Por mucho que lo dijera de broma, no fui capaz de reírme.

Con todo lo de los días anteriores, ya se me había olvidado que habíamos hablado del tema. ¿En qué estaba pensando aquel día? Y, por culpa de aquel sueño imposible, había hecho que Ayako se esforzara tanto para nada…

—Me encanta ver planos, ¿a ti no te parece emocionante? Avísame si ves alguno que te guste. En muchos de ellos te dejarían ir a verlos ahora mismo y resulta que tengo tiempo libre, así que podría acompañarte si quieres.

Me quedé allí quieto, incapaz de responder, y la expresión animada de Ayako se ensombreció de pronto.

—¿Qué pasa? No me digas que ya has cambiado de opinión.

—No, no es eso. Claro que no —dije nervioso. No tenía corazón para rechazar su ofrecimiento tan generoso así como si nada. O, mejor dicho, no quería—. Es que todos están muy bien, no me decido.

—¿A que sí? He buscado los que eran pisos nuevos y que me parecía que encajaban contigo. El que más te recomiendo es…

Me la quedé mirando mientras hablaba animada, con aquel brillo en los ojos una vez más. Y pensé en cómo desviarle la atención de los documentos que teníamos delante.

—Oye.

—Dime.

—Hoy hace… Hace buen tiempo, ¿verdad?

—Sí, claro. ¿Y qué te parece el piso de…?

—Oye.

—¿Qué pasa?

—Que hoy hace buen tiempo.

—Sí, eso decías. ¿Qué pasa?

—Que podemos ir cualquier otro día a ver los pisos, hoy podemos aprovechar para dar una vuelta. Dices que tienes tiempo, ¿no? Te agradezco muchísimo que me hayas encontrado todos esos pisos, esta misma noche me los miro bien todos. —Le ofrecí aquella idea desesperada con voz tan animada que se puso a sospechar de inmediato.

—No sé si me lo creo, Hiro —dijo—. Pero supongo que es verdad que tienes que pensártelo bien para decidirte. ¿Quieres que vayamos a dar una vuelta, entonces?

Y así fue que acabamos saliendo del café Torunka poco después de las dos de la tarde.

Había planeado despedirme en un momento y huir, pero su ofrecimiento me convenció. Pensaba que, mientras no me diera otro episodio… Era lo único que me preocupaba, aunque, al mismo tiempo, estaba muy emocionado. Se me aceleró el corazón.

Caminamos sin rumbo fijo. El verano se asomaba por Tokio y, a pesar de ir en manga corta, ya notaba el sudor que se me formaba en la espalda. En parte por ser fin de semana, había bastante gente en el barrio y hasta vimos a un grupo de extranjeros con pinta de turistas.

Ayako iba por delante, a paso constante, cuando recordó algo de pronto.

—Por cierto, Hiro —me llamó—, ¿ya te has recuperado?

—Sí, estoy fresco como una lechuga.

—Pues no te veo muy buena cara, ahora que lo pienso.

—Estoy como siempre.

—¿Dices que estás mal siempre? Eso es preocupante por sí mismo.

—No me pasa nada, de verdad. Es lo que me dijo el médico y hay que hacerle caso.

—Mmm, eso espero. Me diste un buen susto aquel día, te desplomaste de buenas a primeras. Aunque así fue como nos conocimos. Qué curiosa es la vida, ¿eh?

—Te causé muchos problemas ese día —dije intentando no perder la compostura mientras me apresuraba para darle alcance, porque ella iba contenta y deprisa.

—Si ya te sientes mejor, eso es lo único que cuenta —contestó con voz aliviada—. Pero no hagas más esfuerzos de la cuenta, ¿vale? —añadió con una sonrisa.

Me llevó en lo que caminaba y giraba sin rumbo en una dirección u otra. Supongo que es lo que me había imaginado cuando decidí ir con ella. Evitábamos las calles principales para ir por los callejones y, cada vez que veía una tienda de libros de segunda mano o cualquier otra que le llamara la atención, entraba sin pensárselo dos veces y, de cuando en cuando, acababa charlando con el encargado de turno. Yo le seguía la corriente; era todo un placer verla recorrer las calles que tanto conocía como si la empujara la brisa.

Cuando volvimos a la calle del mercado, nos pasamos por una carnicería que también ofrecía comida frita y compramos unos medallones de hamburguesa rebozados para sentarnos en un banco cercano y comer mientras todavía estaban calientes. Mordimos el exterior marrón dorado y liberamos el jugo de la carne; si bien el sabor no era lo más sofisticado del mundo, estaban perfectos.

—La carne de esa tienda está riquísima, ¿verdad? —preguntó con una sonrisa satisfecha y los labios relucientes por el aceite.

—Pues sí —dije riéndome.

Un gato callejero con pinta de ser amistoso y de pelaje blanco y negro salió de la nada y se nos sentó delante, seguramente a la espera de cualquier migaja que le cayera.

—No, no; si se come eso le va a dar diarrea —me riñó ella al ver que estaba a punto de darle un cachito. En su lugar, abrió el cuaderno y se puso a dibujar al minino, que acababa de empezar a lavarse la cara.

En lo que movía el lápiz deprisa por la hoja en blanco, me quedé sentado a su lado, observando la brillante luz del sol que relucía por encima de los edificios bajos que nos quedaban delante. Cuando cerré los ojos, noté la luz que me calentaba los párpados.

Qué paz, pensé. *Ojalá pudiera quedarme así toda la vida.*

Con aquella sensación creciente en mi interior, no tardé en menear la cabeza para desprenderme de ella. La vida no me deparaba ningún día igual después de aquel.

Una anciana menuda, a la que había visto más de una vez en el café Torunka, llevaba una bolsa de la compra de la que salían unos cebollinos tamaño coloso.

—¡Hola, Ayako! —la saludó con alegría.

—Buenas tardes, señora Chiyoko.

Cuando Ayako le devolvió el saludo, la anciana hasta me dedicó una pequeña reverencia. Imité el gesto con cierta torpeza.

Después de aquello, nos paramos en un puesto de *monjayaki* de la avenida, porque a ella le apetecía (resulta que no estaba llena aún), y, para cuando nos marchamos, ya casi se había puesto el sol.

—Vamos a bajar la comida —propuso tirando de mí para que la acompañara. Y así llegamos hasta el estanque Shinobazu del parque Ueno.

Estábamos bastante cansados de tanto caminar, de modo que, al llegar al estanque, nos sentamos en un banco de cara a la puesta de sol. El viento empezó a soplar con más fuerza, nos daba de frente y hacía que se mecieran las hojas de las flores de loto que cubrían el estanque.

Me dejé llevar por la agradable sensación de la brisa, que me enfriaba las mejillas sudorosas que me habían quedado.

—Es precioso, ¿verdad? —comentó Ayako con un dejo de tristeza en la voz en lo que sacaba el cuaderno una vez más.

—Pues sí.

El sol se iba poniendo, sin prisa pero sin pausa, y lo teñía todo de un tono naranja claro. Una pareja joven pasó por allí; la imagen de los dos rodeando el estanque, cuya superficie estaba iluminada y relucía ante el sol poniente, me pareció un cuadro listo para que lo enmarcara.

—Las puestas de sol como esta me hacen recordar a mi madre. A ella le encantaban.

La miré de soslayo. Por su parte, ella seguía con la vista en el cielo, con los ojos entornados y el cuaderno apoyado en las rodillas. Cuando la luz del sol le iluminaba el perfil, era capaz de ver el rostro de Sanae superpuesto al suyo y el corazón me temblaba.

—¿Sabes qué? Mi madre decía que, al ver la puesta de sol, se acordaba de la versión más joven de sí misma que se había quedado atrás hacía tanto tiempo. Se le llenaban los ojos de lágrimas y a veces hasta se ponía a llorar cuando volvía a casa del mercado. Yo era pequeña y no entendía a qué venían las lágrimas, me parecía bastante raro. Ahora creo que ya lo entiendo.

Al oír aquellas palabras de boca de Ayako, yo también me emocioné.

¿En qué habría estado pensando Sanae plantada en aquella ajetreada calle del mercado, con lágrimas en los ojos? ¿Qué se le pasaba por la cabeza? Había transcurrido muchísimo tiempo y habíamos acabado muy lejos. Bastaba para hacer que uno se echara a llorar a vista y paciencia de todos.

—He vuelto a decir algo deprimente, ¿verdad? —A pesar de que ella me sonreía, no sabía qué contestarle—. ¿Qué pasa?

—Es que… —murmuré—. Me estaba acordando de algo de hace mucho tiempo.

—Menudo romanticón estás hecho, Hiro.

151

Si bien había pretendido burlarse un poco con aquellas palabras que yo ya había oído hacía tanto tiempo, no le hice caso y seguí hablando.

—Había alguien a quien quería muchísimo en aquel entonces. A quien amaba de verdad.

Ayako se volvió para dedicarme una mirada intensa.

—Anda, ¿sí? ¿Y qué pasó?

—Que la abandoné —balbuceé, con la cabeza gacha para no tener que mirarla.

—¿Mmm? —La oír murmurar, como si no lo entendiera—. ¿Por qué? Si tanto significaba para ti, ¿por qué no querías estar con ella para siempre?

—Ni siquiera yo entiendo por qué hice algo así. Era muy tonto, no sabía concebir nada que no tuviera delante de las narices. Me dejé tentar por la codicia… Y, cuando me llegó una oportunidad, me pareció que ella era un escollo.

—Tch, tch. Qué egoísta eras por aquel entonces.

—Seguro que crees que era de lo peorcito —dije.

—Bueno, no te vas a ganar ningún halago con eso tampoco —me respondió con una sonrisa irónica—. ¿Te arrepientes?

—Tanto que creo que el remordimiento me va a matar. Cada vez que pienso en lo que pasó, quiero darme de golpes contra la cabeza. Es la única persona a la que he querido, la única que podría haberme querido a mí también. Si pudiera, me pondría de rodillas para suplicarle que me perdonara.

—Vaya… Espero que sea feliz, allá donde esté.

No podía mirarla a la cara, por lo que alcé la vista al cielo cada vez más oscuro y asentí.

—Sí…

—Seguro que es feliz, si de verdad lo deseas. Se habrá olvidado de aquellos días y vivirá una vida muy feliz, bailando por la calle como en un musical y todo, *lalalá-lala*. Ella está viviendo una vida maravillosa.

Conforme me lo decía, intentó reconfortarme dándome palmaditas en el dorso de la mano que tenía apoyada en el banco, entre nosotros. La calidez de su roce me dio ganas de llorar una vez más.

—Mira, a ver si te sabes esta.

—¿Sí?

—«A una mujer podrán engañarla cien hombres y seguirá enamorándose del siguiente». Es una frase de un poeta alemán. Las personas no dejan de sentir el amor por muchas veces que salgan heridas, creo que es parte de nuestra naturaleza. Así que no pasa nada por que tú también lo sientas, y tampoco tiene que ser un romance cursi ni nada. El amor tiene muchas formas: está el amor que se siente por la familia, el de los amigos y hasta el que compartes con el trabajo o con tus sueños. O con una mascota, que no tiene nada de malo. Siempre que no sea solo dependencia y puedas llamarlo «amor» con orgullo, aquello a lo que amas puede ser cualquier cosa. Y a veces el amor es capaz de salvarte. Una vida sin amar sería muy solitaria, ¿no crees?

Dejé de mirar el cielo para observarla a ella.

—A veces dices cosas increíbles, ¿sabes? En la vida he conocido a alguien capaz de decirme algo así.

—Un momento, ¿eso es un cumplido? —Me hizo la pregunta con una sonrisa tan infantil que me eché a reír un poco.

—Te lo digo de todo corazón.

—¡Lo he conseguido! Un cumplido de parte de Hiro. Bueno, puede que haya dicho algo que suene así de sabio, pero la verdad es que apenas lo entiendo. Y eso me pasa con todas esas frases que voy recabando. Cuando mi padre nos dejó, a mis seis años, no entendía qué había pasado. ¿De qué iba la vida? ¿Para qué vivimos? Creía que habría alguna respuesta en esas frases de gente importante, porque alguna verdad tenía que haber. Es curioso, ¿no? Era una niña de primaria que soltaba frasecitas de Rousseau con una cara de superioridad que ni te imaginas. Pero no sabía nada de la vida.

Soltó una risita, como si pretendiera ocultar lo avergonzada que estaba, y luego se puso de pie.

—¿Nos vamos ya? —propuso.

El sol ya estaba casi escondido detrás de la maraña de edificios que seguían la otra orilla del estanque y solo sus últimos rayos nos iluminaban. Unas nubes gigantescas flotaban por el cielo, ya de color azul marino, y la brisa que soplaba por la superficie del agua refrescaba más que antes.

—Oye, Ayako.

—Dime.

A pesar de que había creído que lo mejor era que cada uno se fuera por su cuenta sin decirle nada más, después de todo lo que había hecho por mí me parecía que estaba siendo desagradecido. No podía esperar que me perdonara. Respiré hondo y me puse a hablar.

—Es que… tengo que irme un tiempo.

—¿Que te vas?

—Sí, un tiempo. Fuera del país.

Se había quedado de pie delante de mí, sorprendida.

—¿Eh? ¿Cuándo?

—Mañana.

—¿Cómo que mañana? Qué repentino, ¿no? ¿Cuándo volverás?

—No lo sé, pero será bastante tiempo.

Bajé la mirada e intenté evadir la pregunta. La expresión de ella cambió a una que no le había visto nunca, una nerviosa, como si estuviera asustada o algo. Me arrepentí de inmediato, pero ya era demasiado tarde, claro.

—Vaya…

—Perdona, es que me costaba decírtelo.

—No, yo lo siento. Es porque te estaba presionando para que te mudaras aquí, ¿verdad? Creo que ya había notado que te ibas a ir tarde o temprano, eso me parecía. Y, como nos hemos hecho amigos, no quería que te fueras. Supongo que tenía razón con esa corazonada…

—Lo siento —me volví a disculpar, aún con la vista en el suelo.

—¿Por qué te disculpas? Vas a volver, ¿no? En ese caso, todo va bien. Al fin y al cabo, seguro que tienes algún asunto misterioso que resolver —dijo, obligándose a parecer más animada, a pesar de lo preocupada que la acababa de ver.

No fui capaz de hablar, y ella me miró a la cara y repitió lo que me había dicho.

—Sí que vas a volver, ¿no?

Notaba su mirada fija en mí, pero no pude devolvérsela.

Aquella noche, volví a soñar.

—Hiro…

Cuando me volví, vi a Sanae en su piso de antes, solo que en aquella ocasión ella era la única que estaba igual: yo tenía mi aspecto de cincuentón.

Todo lo demás sí que estaba como lo recordaba: la puesta de sol a través de la ventana, el olor de los *tatami*, la mesita y Sanae arrodillada con las piernas dobladas sobre aquel cojín rojo. Lo único que no encajaba era yo. En aquella sala diminuta, yo no tenía lugar.

—Sanae…

Me levanté despacio de donde estaba sentado, junto a la ventana, y me acerqué a ella. Al verme desde un rincón de la sala, entornó la mirada y me sonrió.

Casi me dejé caer de rodillas delante de ella.

—Sanae… —la llamé de nuevo. Se me saltaban las lágrimas, no podía contenerlas.

—¿Qué pasa, Hiro?

—Siento muchísimo lo que te hice. Me volví loco. Fue… fue un error, tú tenías razón. Siempre que estuviéramos juntos, todo iba a ir bien. Fue un error, todo fue un error…

Le hice una reverencia, con la frente en el suelo, para suplicarle que me perdonara. Ella me puso una mano encima con suavidad y le vi los dedos teñidos del color de la puesta de sol.

—Todo eso ya pasó, fue hace muchísimo tiempo. Más de treinta años ya.

—Pero…

—Ni peros ni peras —dijo ella con voz suave pero firme—. Además, lo importante es qué te parece mi hija. Es buena chica, ¿verdad?

—Sí, es una chica muy especial. Es amable y sincera, además de muy lista. Es maravillosa —contesté sin pararme a enjugarme las lágrimas, aún junto a las rodillas de ella. Sanae se echó a reír con aquella voz suave y acogedora que tenía.

—Tiene un lado alocado que hace que me preocupe, eso sí. Pero lo ha pasado muy mal y creo que la puse bajo demasiada presión. Y más con todo lo que pasó con su padre. Siempre ha ansiado tener el amor de un padre, ¿sabes? Creo que te ve a ti como figura paterna.

—¿A mí? —pregunté mirándola.

Me sorprendía, porque era algo que no se me había pasado por la cabeza; además, ella no había mostrado ningún indicio de que así fuera.

—Es la sensación que me da. Pero bueno, le hiciste una promesa, ¿verdad?

—¿Sí?

Sanae siguió hablando sin darme tiempo a comprender a qué se refería.

—¿Ya se te ha olvidado? —Puso la misma cara de molestia que tenía en aquel entonces—. Le dijiste que ibas a volver, ¿no? Pues más te vale cumplir con tu palabra, que a esa chica le importas mucho. No la decepciones. No querrás hacerle daño, ¿verdad?

—Pero...

—Estarás bien, lo tengo por seguro. ¿Alguna vez te he llevado por el mal camino? —preguntó ella, llena de confianza.

La miré y solo fui capaz de negar con la cabeza.

—No, tú siempre tenías razón. Nunca te equivocas.

—Exacto. —Sonrió una última vez, iluminada por la puesta de sol—. Cuídate mucho, Hiro. Nos vemos en otro sueño.

Delante de mí tenía el café, cuyo vapor se alzaba tranquilamente de la taza de porcelana blanca.

Para pasar mi última noche, decidí ir al café Torunka y llevé una mochila con todas mis posesiones apretujadas. Si bien tenía hora en el hospital al día siguiente, para la operación, me habían dicho que podían ingresarme la noche anterior, por lo que la idea era ir para allá desde la cafetería. Era un viaje de menos de veinte minutos en tren, aunque a mí me parecía lejísimos.

Notaba que las zozobras me invadían al ver que todo se acababa. Cerré los ojos e inhalé el suave aroma de la taza de café hasta lo más hondo de los pulmones.

Entonces caí en que era la primera vez que iba a la cafetería de noche. Ya pasaban de las ocho y solo había otros dos grupos de clientes, mientras que Tachibana era el único que atendía en la barra. Bañada en la luz ambarina de las lámparas del techo, la cafetería parecía más serena aún que de día.

No estaba mal el ambiente nocturno, no, señor. Casi que quise haberlo descubierto antes.

Abrí los ojos, llevé la mano a mi última taza de café y me la acerqué a los labios. El intenso sabor de los granos de café me llenó la boca, seguido de un ligero amargor cuando me bajó por la garganta. Noté el calor que se me iba esparciendo por dentro, desde el estómago, como si me hubiera tragado el brillo de una lámpara.

Estaba riquísimo, de verdad que era un buen café. Ojalá pudiera beber una taza así de maravillosa cada día.

«El mundo es precioso y vale la pena luchar por él...».

No sé si eso era pasarse de la raya; la vida es difícil de definir. ¿Cómo se obliga a alguien a ver lo que vale? Aunque quizá sí que vale la pena luchar por una taza de café como aquella. Si significaba que podía volver a beberme una taza así, quizá podía seguir luchando un poco más.

«Le hiciste una promesa, ¿verdad?». Eso fue lo que me había dicho Sanae. «No la decepciones».

Sí, sabía que solo había sido un sueño. Duró un breve instante y solo me dijo lo que yo quería oír.

Aun así, aunque no fuera más que un sueño, no quería volver a traicionar a Sanae. Ni a Ayako, claro. Era cierto: se lo había prometido.

Así que tomé la decisión por fin.

Basta de dudas que no servían para nada, basta de compadecerme de mí mismo. Pensaba hacer todo lo que estuviera en mis manos. Y, en cuanto me decidí, noté que el corazón me pesaba menos.

—No esperaba verlo aquí de noche, no suele venir a esta hora —comentó Tachibana en lo que recogía los vasos de la barra uno por uno y los iba puliendo a mano.

—Ah, sí, es que quería despedirme —contesté con brusquedad mientras saboreaba hasta la última gota del café.

Tachibana dejó el vaso que tenía en la mano y me dedicó toda su atención.

—¿A despedirse por qué?

—Tengo que irme un tiempo, así que voy a dejar de pasarme por aquí.

—¿Ah, sí? Vaya, qué lástima.

Sabía que, si no decía nada más, él no iba a entrometerse con más preguntas. Le estaba muy agradecido por lo discreto que era.

—Prepara usted un café increíble —lo felicité—. Y lo he pasado muy bien charlando con usted.

Era mi modo de darle las gracias. Sonrió de oreja a oreja.

—Muchísimas gracias. Haré todo lo que pueda para que no me quiebre el negocio antes de que vuelva. Así que pásese por aquí cuando quiera.

—Le estaría muy agradecido de que vuelva a recibirme. Salude de mi parte al espíritu libre que es su hija y al joven moderno que trabaja aquí también.

—Claro.

—Si estoy bien y puedo volver…

—Dígame.

—¿Le molestaría que le contara yo mi historia? Es larga, y quizá aburrida también, pero…

—Sería un placer.

Nos quedamos en silencio. La melodía de la canción de Chopin que sonaba por los altavoces tenía un dejo dulce, como el sueño de unas tierras lejanas. Escuché con atención la música y, cuando me terminé el café, me levanté para marcharme.

Pagué la cuenta, me acerqué a la puerta y, al aferrar la manija, me lo pensé mejor.

Iba a volver a aquella cafetería, pasara lo que pasase. Iba a tomar otra taza del café de Tachibana. Cuando consiguiera ser una mejor versión de mí mismo, iba a volver con la cabeza bien alta.

Lo juro.

—Oiga, Tachibana. El café que prepara sí que es la bebida de Satanás. Y me ha hechizado con su embrujo.

—No hay mejor halago que ese —repuso, dedicándome una reverencia educada.

Cuando salí, el cielo estaba tan oscuro como el café que me acababa de beber. Y la pequeña luna creciente flotaba en el centro.

Ya había emprendido la marcha por la angosta callejuela, rumbo a la estación, cuando alguien me llamó de pronto.

—Hiro.

Una silueta que me era familiar apareció bajo el tenue brillo blanco de las farolas.

Me sorprendió tanto que hablé más alto de la cuenta, con demasiado volumen para aquella callecita tan diminuta.

—Ayako, ¿qué haces aquí?

Creía que ya nos habíamos despedido como correspondía; no entendía por qué había dejado su rutina para ir a verme otra vez.

—Te estaba esperando —me contestó—, estaba segura de que ibas a venir hoy. Quiero darte algo.

—¿A mí?

—Vamos a dar una vuelta. Ibas para la estación, ¿no?

La seguí sin saber qué sucedía. La calle que teníamos por delante, iluminada tan solo por la tenue luz de la luna, estaba tan en silencio que parecía triste. Me alegró que Ayako hubiera ido a verme.

En lugar de girar por la calle del mercado, Ayako optó por la ruta larga que pasaba por el cementerio Yanaka. Aun así, íbamos a tardar un cuarto de hora como mucho en llegar a la estación de Nippori.

Fuimos el uno al lado del otro a través de aquel camino largo y recto que daba a la estación, delineado por cerezos llenos de hojas verdes.

A mitad de camino por el cementerio, se detuvo de pronto y sacó algo de la mochila que estiró para darme.

—Toma.

Si bien creí que se trataba de una nota, me equivocaba: era una fotografía. Me puse debajo de una farola para verla mejor.

—Eres tú, ¿verdad? —preguntó ella como si nada. La miré y volví a posar la vista en la foto, desconcertado.

Sí que era yo el de la imagen, sí: allí estábamos, Sanae y yo, de jóvenes. Estábamos acurrucados junto a la ventana de aquel piso y se alcanzaba a ver la luz anaranjada de la puesta de sol al otro lado de la ventana.

Me acordaba de aquel día; la foto era de unos meses antes de que yo la dejara, de un periodo en el que estuvimos más unidos que nunca. Sanae había pedido prestada una cámara réflex de una compañera de la tintorería e insistió en que nos hiciéramos una foto, por lo que aprovechamos el temporizador para que también saliera la puesta de sol de fondo. Sanae ni siquiera sabía cómo meter el carrete, fui yo el que le enseñó a ajustar el foco y la exposición. Se pasó el mes siguiente haciendo fotos, pero a mí me daba demasiada vergüenza, siempre le ponía excusas y al final no vi ninguna de las imágenes después de revelarlas.

Por la luz que nos daba por detrás desde la ventana, costaba distinguirnos la expresión. Sanae mira a cámara y parece sonreír, mientras que yo miro en la dirección que no es y tengo cara de amargado. En cierto modo, la imagen refleja nuestra personalidad individual y la relación que teníamos en aquel momento. Dos personas jovencísimas y más libres que nadie, sin miedo a lo que nos deparaba el futuro.

—¿De dónde…?

—Estaba en el álbum de mi madre. Sí que eres tú, ¿verdad? Sí, ahora estás mayor, pero, si te comparo con el de la foto, veo el parecido.

—¿Desde cuándo lo sabes?

Por descontado, no recordaba haber hablado del tema con Ayako; me daba demasiado miedo cómo pudiera reaccionar y, al final, no había dicho nada. Aun así…

—No tenía ni idea hasta hace poco —dijo—. Hace un par de días, cuando te pusiste a hablar del pasado, me dio una sensación que no se iba.

—Ayako, no…

—Cuando empezaba la secundaria, o más o menos, me empecé a preguntar si todavía tendríamos alguna foto de mi padre. Me puse a rebuscar en un cajón y, cuando me encontré esa foto, se lo pregunté a mi madre. Vi que le daba vergüenza y me preguntó de dónde la había sacado; antes de casarse con mi padre, había tirado todo lo de su exnovio, solo que, por la razón que fuera, no había sido capaz de deshacerse de esa foto. Me dijo que contenía muchos recuerdos, que significaba muchísimo para ella.

»Es una foto muy buena —dijo, señalando con la barbilla y observando la foto que yo tenía en la mano—. Aunque solo la vi aquella vez, me marcó mucho. He tardado bastante en darme cuenta, pero siempre me entraba como una especie de frustración al verte, y el otro día por fin caí. ¡Si es el de la foto! Me sentí mucho mejor después de resolver el misterio.

»Venga —añadió, tirándome de una manga—. Vamos.

Recobré la compostura al fin y la perseguí por el paisaje verdoso del cementerio.

—Puedes quedártela —me dijo tras volverse y sonreírme—. A mí no me hace falta y creo que a mi madre le haría ilusión que la tuvieras tú.

—Ayako.

—Dime.

—Lo…

—No tienes por qué decir nada, no la he traído para interrogarte. Pero he pensado que podría traerte buena suerte en tu viaje, porque la última vez que hablamos me dio la sensación de que no ibas a volver. Aunque creo que, si te la llevas, estarás bien.

—Gracias.

Me sonaba la voz ronca; no era una palabra que estuviera acostumbrado a decir. Sin embargo, al pronunciarla ante Ayako, transmitió mil sensaciones distintas. Ella se limitó a sonreírme, y si bien habría sido comprensible que esperara una explicación, no me la pidió. Sabía que no iba a querer explicarme.

Sanae, tienes una hija maravillosa, me cuesta despedirme de ella. Por duro que sea, se me saltan las lágrimas.

Cuando llegamos al paso elevado tan bien iluminado que conducía a las puertas de la estación, Ayako se puso a rebuscar en su mochila. En aquella ocasión sacó algo semejante a una postal.

—Y esto es de mi parte —dijo.

Se trataba de un dibujo del rostro de un hombre que me resultaba familiar. Aunque, a diferencia de los dibujos a lápiz que ya había visto, a aquel le había añadido acuarelas.

—¿Me… me has dibujado?

—Claro. Me pediste que te hiciera un dibujo, ¿no? Solo que lo he hecho de memoria, así que quizá no se te parece mucho. Además, me ha costado más de la cuenta porque quería que salieras sonriendo y casi no te he visto sonreír.

Me había dibujado de cara, con una sonrisa incómoda, y el fondo estaba lleno de unas flores color rosa pálido que parecían una nube teñida por el ocaso.

—Un hombre de mediana edad y una flor, qué pareja más extraña —dije intentando ocultar lo avergonzado que estaba, aunque no conseguí impedir que me temblara la voz.

—Es una *Hardenbergia*. En el idioma de las flores, es un símbolo de «encuentros milagrosos»; la pinté con la esperanza de que nos volvamos a ver. Te protegerá, aunque quizá no tanto como la foto que tienes con mi madre. Oye, no llores. Que no es nada especial.

—No estoy llorando. Es imposible.

—Vale, vale, no estás llorando. Ni una lágrima, no. —Si bien creí que se iba a echar a reír, lo que hizo fue bajar la voz—. Gracias por todo, Hiro. Me lo he pasado muy bien contigo.

—Soy yo el que debería darte las gracias. Sabía quién eras desde el principio, he pasado todo este tiempo queriendo hablar contigo.

—No, yo te lo agradezco. Aunque haya sido por poco tiempo, he tenido la sensación de estar con mi padre. No lo he dicho nunca porque no quería que te enfadaras conmigo.

—¿No lo estás diciendo ahora?

—Qué buen oído tienes. —Me dio un puñetazo en el brazo con tanta fuerza que me pareció que iba en serio. Sin embargo, incluso aquel dolor me pareció algo tierno—. Oye, ¿te apetece una última frase?

—¿Otra? —pregunté con una sonrisa irónica. ¿Cómo iba a guardarme otra frase de alguna figura ilustre en el cerebro, con lo lleno que lo tenía ya?

—En esta vida, los encuentros con otras personas son lo que más se asemeja a un milagro.

—¿Y de quién es la frase? —pregunté, enjugándome una lágrima que se me había deslizado por la mejilla, deprisa para que ella no se diera cuenta, aunque supuse que era demasiado tarde.

—De mí misma, me la acabo de inventar. Pero lo creo de verdad. Y te lo digo de todo corazón.

—Pues está muy bien —dije—. Es la que más me ha gustado.

Ayako esbozó una sonrisa de oreja a oreja.

Nos quedamos mirándonos un rato, sin decir nada, solo mirándonos. Tenía temas de los que hablar con ella, tenía muchísimo que contarle. El problema era que todo se me quedaba atascado en la garganta, se negaba a salir, y a mí me daba la sensación de que, si lo sacaba a la fuerza, iba a transmitirlo de una forma distinta de la que pretendía. Así que no dije nada.

Oímos un leve retumbar cuando un tren pasó por debajo del paso elevado en el que estábamos.

Ayako me dedicó una última sonrisa antes de darse media vuelta y salir corriendo por donde habíamos llegado.

—¡Cuídate! ¡Y vamos a tomarnos otro café pronto! ¡Con litros de leche!

—Deberías beberlos solos, no hay forma mejor.

—¡Qué cabezón eres!

Incluso después de que Ayako desapareciera en la oscuridad, me quedé bajo las luces de la entrada, aferrado a aquellos dos tesoros que acababa de recibir.

Que su vida, a partir de hoy mismo, esté llena de felicidad. Eso fue lo que deseé.

Iba a soñar con el día en el que pudiéramos volver a tomar algo en el café Torunka.

«En esta vida, los encuentros con otras personas son lo que más se asemeja a un milagro». Me repetí las palabras en voz baja.

No tenía ninguna duda de que fuera cierto. Ella lo había dicho, así que seguro que lo era.

Respiré hondo, crucé la entrada de la estación y abandoné aquel lugar lleno de recuerdos que no me iban a abandonar nunca.

PARTE TRES

Una gotita de amor

Fue mi padre el que me puso el nombre Shizuku.

Un día, cuando era pequeña, le pregunté de dónde venía.

«Te lo di porque puede significar «gota» y quería que salieras como el café —me explicó—. Para hacer una buena taza de café, tienes que dedicarle toda tu atención para sacarle el sabor a los granos; si no, no podrás extraer ese aroma tan intenso, el regusto que deja. Pero, si lo haces bien, todas las gotas del café tendrán ese sabor concentrado. Lo que quería para ti era que tuvieras una vida igual de intensa y satisfactoria».

Qué raro, ¿eh? ¿Y qué quería decir con eso de «extraer»? Al mismo tiempo, la historia encajaba tanto con mi padre que recuerdo que me quedé satisfecha con la explicación.

Mi padre empezó a regentar el café Torunka antes de que naciera yo.

Se halla en un rincón solitario al final de una callejuela sin salida, en un local pequeñito con un tejado triangular. Hay cinco mesas cerca de la ventana y seis taburetes junto a la barra. La ventana, colocada en una pared de ladrillo de color apagado, es de vitrales, mientras que las mesas y sillas son todas de madera.

Le compró el local a una anciana que lo tuvo antes que él, por lo que tanto el interior como el exterior son bastante antiguos.

Los clientes trataban a mi padre de usted. De usted, mira tú por dónde.

«Póngame la mezcla de la casa, por favor».

«A mí póngame un café con hielo, si fuera tan amable».

Por supuesto, cuando era pequeña no sabía por qué le hablaban así, pero sí captaba que las personas que lo trataban de usted le mostraban lo mucho que lo respetaban y me enorgullecía mucho.

Para mí, mi padre era un hombre que ocupaba el otro lado de una barra día sí y día también mientras preparaba un café de aroma delicioso y casi no decía nada, siempre con la misma cara seria. Con un padre así, no me extraña que me nombrara en honor al café.

Teniendo en cuenta quién era mi padre y que mi nombre estaba relacionado con el café, tiene su lógica que haya cierta confusión en cuanto a si me gusta o no, con lo mucho que se habla sobre el sabor de la bebida. Los clientes me decían cosas como: «Anda, el propietario usa filtros de tela, ¿no? El regusto que deja es totalmente distinto».

Sin embargo, la verdad es que nunca bebo café. Creo que ya hace casi diez años desde que probé mi última gota, justo después de empezar la primaria. Lo odié la primera vez y lo sigo odiando. No sé qué diferencia hay entre usar un filtro de tela o uno de papel.

El odio se debe a que, la noche que bebí café, tuve una pesadilla horrible.

Como me había criado en una familia a la que le encantaba el café desde que yo era pequeña, siempre había ansiado probarlo. Todos tenían cara de que les gustaba mucho, así que sabía que debía de ser el néctar de los mismísimos dioses. Sin embargo, por mucho que se lo suplicara, mi padre se negaba y me decía que era demasiado pequeña.

Fue mi hermana la que me dejó probarlo. Tenía seis años más que yo y la rodeaba un aire como de persona madura; de hecho, ella había empezado a beber café antes de empezar la secundaria. Un día, después de oírme quejarme y quejarme, me pasó la taza de café que mi padre le había preparado.

—Entiendo por qué tienes tantas ansias —me dijo—, pero aún no estás lista.

A pesar de que mi padre estaba detrás de la barra, di un gran trago en cuanto se dio la vuelta. Y la única impresión que me llevé del sabor fue lo amargo que era; para mis adentros, me llevé un gran chasco al comprobar que era aquello lo que los adultos bebían como si estuviera tan bueno.

—Oye, tampoco te obligues —se rio mi hermana—. Ya me lo acabo yo.

Solo que con aquello solo consiguió despertar mi lado competitivo e hice caso omiso del amargor que tenía en la garganta, de lo revuelto que tenía el estómago, y me bebí la otra mitad de aquel líquido negro de la taza, hasta no dejar ni una gota.

—Mmm, qué bueno —dije, tratando de hacerme la dura mientras ponía una mueca.

—A lo mejor no duermes esta noche —me contó ella, llevándose la taza vacía y mirándome con lástima.

—¿Eh? ¿Por qué?

—El café tiene una sustancia llamada cafeína que da energía. En algunos casos, los que no están acostumbrados acaban sobreestimulados y, cuando pasa eso, no pueden dormir. Es la primera vez que bebes, ¿verdad? Uf, y acabas de cumplir los siete. Espero que no te siente mal.

—¿Eh? ¿De verdad? ¿Por qué no me has avisado? —pregunté, con prisa para culpar a mi hermana.

Ella había sido una cerebrito desde pequeña y sabía un montón de datos, así que, cuando me dio aquella advertencia con tanta calma y paciencia, me preocupé más que nunca. Y, ya fuera por el poder de la sugestión o por los efectos de la cafeína en sí, mientras hablábamos de eso me empezó a dar vueltas todo, como si me hubieran metido en una lavadora.

—¿Y qué hago?

—No se le puede hacer nada; ya te lo has bebido. —Si bien parecía que le daba lástima, luego se encogió de hombros y añadió—: Es culpa tuya.

La noche transcurrió tal como me había temido: estaba completamente desvelada (en la vida me había sentido tan alerta) y, por muchas vueltas que diera en la cama, no me entraba sueño. La casa estaba tranquila y en silencio, no se oía ni una mosca. Era como si me hubiera caído en las profundidades de la noche; estaba aterrada.

En un momento dado, después de abrir y cerrar los párpados varias veces, me di cuenta de que estaba caminando por la calle. Solo que no era el mercado que tanto conocía, aquel en el que sabía identificar las tiendas sin mirar, sino que veía unos edificios con aspecto de cuñas de queso medio derretidas y no había nadie en derredor. Las farolas parpadeaban y, según recorría la calle descalza y en pijama, la sombra que desprendía iba creciendo hasta adquirir una aterradora forma demoníaca detrás de mí.

Tengo que volver a casa. Caminaba arrastrando los pies, porque sentía el cuerpo pesado como el plomo en lo que recorría aquel mercado transformado. No obstante, la callejuela cerca del puesto de verduras que debería haberme llevado hasta casa había desaparecido; en su lugar, una pared blanca, del color de la taza de café que había bebido aquella misma tarde, se cernía sobre mí. La superficie estaba helada y no se movía, por muchos golpes y empujones que le diera.

¿Qué puedo hacer? No puedo volver a casa, no voy a salir con vida de este mundo retorcido.

Me sentí tan desesperada que me puse a sollozar. ¡Ojalá no me hubiera bebido el café! No tendría ni que habérmelo acercado a los labios. *Por favor, Dios, devuélveme el mundo seguro que conozco, por favor, por favor.*

Entonces alguien me sacudió para despertarme y volvía a estar en mi habitación. Ya había amanecido, los rayos del sol matutino entraban por la abertura de las cortinas.

Temblaba como un pez en tierra firme. Creo que había estado quejándome en sueños.

—Oye, Shizuku, ¿estás bien?

Incluso después de oír la voz de mi madre cuando entró en mi habitación, seguía atontada. Debía de haber sido un sueño, claro, pero ¿de dónde había salido? ¿Cuándo me había quedado dormida? A pesar de que seguía viéndolo todo borroso, me aferré a mi madre y lloré de puro alivio al comprobar que volvía a estar a salvo.

Después de aquello, se enteraron de que había bebido café y mi padre me riñó como nunca.

—A partir de ahora —me dijo—, te prohíbo que bebas café.

Tampoco hacía falta, porque ya no soportaba ni verlo.

Es por eso que solo he bebido una vez. Seguro que ahora, que ya estoy en el instituto, ya no me provocaría esas pesadillas, pero nunca se sabe. No quiero volver a pasar por un sueño tan raro y vívido como aquel, no quiero volver a sumergirme en aquel mundo extraño. Se me pone la piel de gallina solo de pensarlo.

—Conque es por eso que no te gusta el café. Qué historia más fascinante.

Otra tarde tranquila más en el café Torunka. Después de escuchar mi historia, Chinatsu pareció quedar muy impresionada. Pese a que yo solo había pretendido charlar un rato de algo sin importancia, su reacción fue del todo inesperada y me dio un poco de vergüenza.

Ya había pasado la larga temporada de lluvias y, a finales de julio, el verano estaba en pleno apogeo. Al otro lado de la ventana había nubes blancas que parecían humo flotando en un cielo tan azul que casi me imaginaba que lo acababan de pintar. Los días de lluvia sin fin habían desaparecido justo cuando yo empezaba las vacaciones de verano y cada día era soleado y despejado.

Empezando por Ayako, la ilustradora que vivía en el barrio, todos los clientes que habían seguido bebiendo café caliente ya se habían pasado, uno detrás de otro, al café con hielo. La única que lo seguía pidiendo caliente era Chinatsu, la verdad.

—Pero la historia de tu nombre es maravillosa, Shizuku. «Quiero que tengas una vida igual de intensa y satisfactoria que el café». Le pega mucho a tu padre —comentó mirándolo en el otro lado de la barra mientras se llevaba la taza a los labios.

Mi padre seguía puliendo los vasos en silencio, como si no la hubiera oído. Me preocupaba que se dejara llevar si oía que una chica guapa le daba un cumplido, así que no lo compartí con él; en su lugar, traté de sacar el tema del que se suponía que íbamos a hablar.

—¿Qué es lo que querías pedirme?

Habíamos quedado para tomarnos un café porque Chinatsu me había dicho que quería pedirme consejo sobre algo. Ya era una de nuestros clientes habituales, tranquila y tímida, pero también guapísima. Y me recordaba un poco a mi hermana. Aunque, por descontado, no era el único motivo por el que me caía bien; habría estado encantada de aconsejarla sobre lo que fuera.

—Pues quería preguntarte por Shūichi.

—¿Por Shūichi, dices?

Asintió con cara seria.

—Bueno, si es sobre él, seguro que tú lo conoces mejor que yo —dije con una sonrisa de oreja a oreja.

Se puso roja como un tomate y se tiraba del flequillo, como hacía siempre.

—No, es que... Eh... ¿Cómo lo explico? Es que no sé qué hacer.

—Anda, ¿acerca de qué?

Me incliné sobre la mesa, presa de la curiosidad. Chinatsu y Shūichi, quien trabajaba en la cafetería a tiempo parcial, se habían conocido de una forma un tanto dramática al final del año pasado y, aunque no sabía todos los detalles de la historia, eran la pareja oficial del café Torunka. Como ella no me hablaba mucho de él porque le daba vergüenza, que quisiera hacerlo se trataba de una grata sorpresa.

—El mes que viene es su cumpleaños, ¿verdad? Pues quiero regalarle algo, pero no sé qué puede ser.

—Ah, ¿eso es lo que querías? Mmm... ¿Shūichi nació en verano? No me encaja nada con cómo es.

—Es verdad —dijo ella riéndose con discreción—. No es la impresión que da.

Había estado tan ocupado últimamente que no tenía mucho tiempo para trabajar en el café Torunka. Gracias al esfuerzo que le había dedicado a buscar trabajo, había conseguido una oferta informal para trabajar en el Departamento de Producción de una editorial, por lo que pasaba el verano haciendo formación allí, a tiempo parcial. Todo aquello, sin duda, era gracias a la influencia de Chinatsu, porque no hacía tanto que había declarado que le encantaría haber seguido estudiando toda la vida sin trabajar.

—Es que me preocupa que se esté esforzando más de la cuenta —me contó Chinatsu, con cara de preocupación—. Podría acabar sentándole mal. Por eso quería darle algo que lo alegre. —A juzgar por la expresión que le vi, quería muchísimo a Shūichi. *Conque así es el amor*, pensé dándole un sorbo a mi *ginger ale*.

—Ya veo —respondí, conteniéndome para no sonreír ni reírme—. Pues Shūichi, a ver… Le gusta hacer cosas de persona mayor. ¿Dirías que le va lo clásico? Como coleccionar vinilos o algo así. Y le gusta tanto el café que se puso a trabajar aquí.

—Eso es verdad, ya pensaba que estaría bien algo así, pero es que no sé mucho del tema. Hay muchas tiendas de artículos clásicos por aquí, ¿no? ¿Conoces alguna que esté bien?

—Mmm —murmuré, mordisqueando la pajita de la bebida. Sí, seguramente podía dar con un montón de tiendas que les gustarían a las chicas de mi edad, pero el homenajeado iba a ser Shūichi, que por dentro era un ancianito ya. No sabía qué sitio le podría gustar—. Vale, ¿te parece que vayamos las dos juntas a buscar algo el próximo domingo?

Conozco la mayoría de las tiendas de la zona, así que al menos podría ayudarte a encontrarlas.

—¿No será mucha molestia?

—¡Qué va! Además, nunca me negaría a algo que me pidas tú. Y en mayo, para mi cumple, Shūichi me dio una tarjeta regalo de una librería, así que tengo que devolverle el favor.

—Vale, vamos, entonces.

Noté lo enamorada que estaba por la cara que puso. Pensé que el amor debía de ser algo increíble, para poder despertar una sonrisa tan maravillosa.

—Maravilloso. —Nada más pensarlo, me di cuenta de que lo acababa de decir en voz alta.

—¿El qué? —Me miró confusa.

—Ah, no, quería decir que es maravilloso tener a alguien a quien quieres. —Al decirlo, me avergoncé de inmediato y me eché a reír.

—¿A ti no te gusta nadie?

La pregunta me tomó por sorpresa y me arrancó más carcajadas.

—Uy, no, qué va. Últimamente, las chicas de clase no saben hablar de otra cosa. Se está volviendo un problema, la verdad.

—¿Y ese chico que es tu amigo de infancia?

—¿Kōta, dices? No, no. Ni hablar. —Lo negué de inmediato, después de casi escupir el cubito que me había estado pasando por la boca.

—Pero si Shūichi me dijo que siempre intenta coquetear contigo.

—Qué va, lo hace de broma. Es su forma de saludar, no va en serio. —Parecía que le estaba dando la impresión equivocada a los demás.

Mi relación con Kōta no era para nada romántica, éramos amigos de la infancia y nada más. Como vivíamos a cinco minutos de distancia y nuestros padres eran amigos, habíamos estado juntos desde preescolar hasta el instituto. Jugábamos juntos cuando íbamos en pañales y, en primaria, nos veíamos cada mañana cuando íbamos al colegio con los demás niños del grupo. Básicamente nos criamos como hermanos. Y, como era de esperar, a nuestra edad ya no nos juntábamos todos los días, pero, más allá de mi familia, era la persona con la que tenía un vínculo más estrecho. Aun así, no era nada más que eso. Además, era un poco idiota. Si bien le iba mejor que a mí en los estudios, en el fondo sí que lo era. Me caía bien porque ese lado suyo me hacía reír, pero lo que sentía no era para nada amor romántico.

Intenté explicárselo, cada vez más desesperada, pero Chinatsu no parecía muy convencida. Mientras intentaba pensar algo que pudiera demostrar lo poco romántica que era nuestra relación…

—Uf, ¡qué frío que hace! Hola, jefe.

Hablando del rey de Roma: sonaron las campanillas de la puerta y vi entrar a Kōta. Como estábamos de vacaciones de verano, sabía que había dormido hasta el mediodía por lo menos, y el pelo de recién levantado que llevaba le daba el aspecto de un científico al que le acababa de estallar el experimento. Parecía medio dormido y estaba más tonto de lo normal. El ambiente de la cafetería, lleno de los murmullos de los clientes que se hablaban con discreción, se echó a perder de inmediato.

—Kōta… —Al instante, oí la voz de mi padre, quien detestaba aquel desaliño—. Si vas a ir al negocio de otra persona, ¿no puedes vestirte como Dios manda al menos?

—¿Eh? ¿Qué dices? —Se miró de arriba abajo, desde la camiseta hasta los pantalones de media pierna y las sandalias que llevaba—. Si es mi ropa normal —dijo sin ningún atisbo de vergüenza. Y entonces soltó un bostezo enorme.

Increíble. ¿Quién se iba a poder enamorar de alguien así? Tenía más posibilidades de que me hiciera tilín un chimpancé.

—Kōta, las vacaciones te están volviendo vago.

—Anda, si también estás por aquí.

Justo cuando mi padre se preparaba para darle el sermón pertinente, Kōta lo evadió al acercarse a mí. Era el único que podía irse de rositas después de tratarlo así en la cafetería.

—Oye, ¡no te nos acerques! —me quejé, pero Kōta se abrió paso sin hacer caso de mi protesta y depositó el trasero a mi lado.

—¿Qué pasa? Que no te dé vergüenza. Ah, no, ya lo capto: es que te has enamorado de mí.

Antes de que terminara de decirlo, ya le había dado un buen coscorrón en la cabeza.

—Oye, que duele, tontaina. No hagas esas cosas delante de Chinatsu —se quejó, frotándose la cabeza.

—Aquí el rey de los tontainas eres tú. Te acabas de levantar, ¿no?

—Qué va, hace rato ya.

—Pues has soltado un bostezo tan grande que se te habrá dislocado la mandíbula.

—Eso es que me estabas mirando desde que he entrado, ¿eh?

—No, es que tú te has metido en mi campo visual.

—Oye, Shizuku, deja de perder el tiempo con el tonto ese y ponte a trabajar —interpuso mi padre con cara de asco.

Una imagen valía más que mil palabras y aquella me ahorró el tener que explicarle la situación a Chinatsu con todo lujo de detalles.

—¿Ves? Cómo quieres que sienta algo por este —le dije.

La vi asentir con cara de sorpresa.

—Pero os lleváis muy bien y eso es maravilloso. —Sonaba tan sincera que Kōta y yo nos miramos y nos echamos a reír.

La idea de enamorarme de alguien… Cuando trataba de imaginármelo, no me parecía real. Más bien era algo que quizá podría ocurrir en un futuro lejano, pero en aquel momento me pareció tan distante como el día en el que me volviera a apetecer probar el café.

—Ya se acerca el aniversario de su muerte, ¿sabes?

Mi padre pronunció aquellas palabras esa misma noche, mientras lo ayudaba a recoger después de cerrar.

—¿Eh?

Dejé de limpiar la mesa y me volví para mirarlo. Estaba en la caja registradora para calcular los beneficios del día.

El rato justo después de cerrar siempre era solitario, sumido en un silencio que casi llegaba a perturbar. Y la sensación se acrecentó porque mi padre siempre hablaba de aquel tema a susurros.

En otros tiempos, me alegraba que llegara la hora de cerrar porque significaba que daba comienzo el tiempo en familia, pero después pasó a ser todo lo contrario. Echaba de menos el momento de hacía tan solo media hora, cuando los clientes seguían allí. El final del día había pasado a ser el momento que menos me gustaba.

—Ya hará seis años, así que creo que organizaremos una ceremonia en el templo.

—Ah, bueno, vale —asentí mientras observaba cómo se mecía la lámpara del techo ante la suave brisa del aire acondicionado.

—No hace falta que sea gran cosa tampoco, invitaremos a algunos parientes y que el sacerdote recite un *sutra* en su honor. Luego podemos ir a comer juntos.

—Vale. ¿Se lo has dicho a mamá?

—Pues claro. ¿Crees que se me olvidaría algo así?

—Supongo que no.

Mi madre vivía en el extranjero debido a ciertas circunstancias. Como se trataba de un lugar remoto, no siempre podíamos contactar con ella, aunque intentábamos que eso no nos preocupara demasiado.

—¿Vamos a ir todos vestidos de luto?

—Esa es la idea, sí, que ya sabes que a los seis años siempre se organiza algo. Me sabe mal pedirle a todo el mundo que se vista así en pleno verano, así que les dije que cada uno llevara lo que quiera, pero tu tía Mitsuko se negó en redondo.

—Casi nunca la vemos y luego, cuando se presenta para alguna cosa así, siempre les encuentra pegas a todos. Tiene que meterse en medio y decir: «Ay, es que eso es un mal ejemplo» o «Vas a traer la deshonra a la familia» —dije, imitando la forma de hablar de la tía y encogiéndome de hombros con aquel gesto exagerado que tenía.

—No pasa nada. Les estoy agradecido por venir, con lo lejos que es. Que no te vean de morros cuando vengan.

—Vale, vale, lo capto.

Socializar con nuestros parientes era un incordio. ¿Cómo podían entender lo mal que lo habíamos pasado? Además, solo les importaba seguir las tradiciones y mantener las apariencias. Hasta echaban pestes sobre mi madre por vivir lejos de nosotros, solo que no entendían por qué. No entendían nada, vaya. Cuanto más lo pensaba, más me enfadaba; notaba la furia crecerme en lo más hondo del estómago.

Mi padre, que pareció notarlo solo con mirarme, trató de calmarme desde el otro lado de la barra.

—No pasa nada. Lo que importa es que lo entendamos nosotros.

Su voz no sonaba seria como siempre; era como si intentara razonar conmigo con delicadeza.

—Vale.

Asentí sin ganas, me despedí de él y subí a la segunda planta. Salí al balcón a respirar aire fresco y tratar de calmarme. Tras encender la espiral antimosquitos con una cerilla, me apoyé contra la baranda para relajarme.

A pesar de estar en Tokio, la noche llega pronto a esa parte del centro.

Todavía no eran las diez. Si bien no todo el mundo debía de estar durmiendo en las viviendas cercanas, la zona entera parecía estar cubierta por un silencio tan profundo que era como si hubieran embrujado el vecindario. En la calle Torunka (el nombre que le dábamos a la callejuela que llevaba a la cafetería), las farolas arrojaban haces de luz solitarios. Una silueta negra que no logré identificar pasó corriendo por la calle; seguramente un gato callejero. Apoyada contra la baranda, sin moverme, notaba la brisa templada contra las mejillas, todavía cargada del calor de la tarde.

Las estrellas titilaban en el cielo oscuro y, sin querer, acabé buscando el Triángulo de Verano. Recordaba los nombres de las estrellas que mi hermana me había enseñado hacía tantísimo tiempo.

Deneb, Altair, Vega.

«Suena como un hechizo». Cuando mi hermana me había oído decir eso, se había echado a reír. Me había enseñado cómo se llamaban como si me contara un secreto especial.

Hola, hermana.

Intenté hablar con ella para mis adentros.

¿Cómo es el sitio en el que estás?

¿Cómo estás?

Mamá y papá están bien aquí abajo, hoy ha sido otro día tranquilo en Yanaka. Ya sabes que todo el mundo es amable y gracioso por aquí.

Oye, ¿sabes qué?

Ya casi tengo tu edad, ¿te lo puedes creer? Aunque creo que no estoy saliendo como tú; o sea, todavía ni soy capaz de beber café. Y nunca me he enamorado. Cuando tú tenías diecisiete años me parecías una adulta hecha y derecha, ¿por qué yo no soy así?

Mantuve la vista fija en el firmamento, pero las estrellas se limitaron a brillar en silencio.

Había quedado con Chinatsu por la mañana, antes de que el sol apretara más de la cuenta. Aun así, plantadas delante de la estación, el sol nos calentaba y oíamos el estridente sonido de las grandes cigarras marrones que provenían del cementerio Yanaka, rodeado de color verde oscuro.

—Qué escandalosas están las cigarras hoy, ¿verdad?

Chinatsu llevaba otro de sus atuendos bonitos: una blusa azul claro con una falda larga de encaje. Incluso en un día tan caluroso, lo notaba algo refrescante. Era uno de aquellos atuendos femeninos que a mí me quedaban fatal.

Pensé en lo mucho que me recordaba a mi hermana con aquella forma de vestir y noté un pequeño dolor que me asediaba el pecho. Como siempre. Cada vez que veía a una chica mayor que yo que se parecía a mi hermana, aunque fuera un poco, ya fuera por el físico, la ropa, la voz o la sensación que transmitía. De hecho, de vez en cuando notaba que buscaba aquel parecido entre las desconocidas con las que me cruzaba por la calle y luego le daba rienda suelta a la imaginación. Si mi hermana hubiera vivido hasta tener aquella edad, ¿se parecería a esa? ¿O sería más como aquella otra?

Era absurdo, además de infantil.

—¿Pasa algo? —Chinatsu se había quedado perpleja al verme plantada delante de la estación, sin hacer ningún ademán de ponerme en marcha.

—No, no, nada. ¿Vamos?

Pasamos por el cementerio, que el verano había transformado en el festival de las cigarras, y bajamos por Sansakizaka. Como había tiendas de antigüedades desperdigadas por todas las callejuelas de la zona, teníamos que encontrar una forma eficiente de pasarnos por todas si pretendíamos sobrevivir al calor. Y, al haberme criado en aquel barrio, había llegado mi momento de gloria. Por allí estaba la tienda que vendía productos con temática felina y, más allá, la que se especializaba en papel *chiyogami* con distintos motivos. Fuimos por el barrio, echando vistazos por las tiendas, incluidas las más insólitas. Andábamos un rato, entrábamos en una, veíamos qué ofrecía y luego seguíamos subiendo por la calle en dirección a la cuesta que, vista desde lejos, parecía ondear por el calor. La llevé a todas las tiendas que se me ocurrieron y nos paramos a descansar en una de postres para un *anmitsu* dulce y refrescante.

En lo que jadeábamos al subir por la pendiente de Dangozaka, nos cruzamos con un grupo de chicos de primaria que parecía dirigirse hacia la piscina. A pesar de que todavía quedaba para que llegara el verano de verdad, todos estaban bastante morenos, incluido el hermano pequeño de Kōta, Yōhei.

—¡Es Shizu, es Shizu! —se puso a gritar al verme.

—Un poquito más de respeto —lo reñí después de darle una palmada. Tenía la misma cara y la misma insolencia que su hermano cuando era pequeño.

Al final, Chinatsu compró una mochila de lona de un puesto de la calle Yomise que solo abre los fines de semana, como si fuera un vendedor de mochilas itinerante. Tenía un aspecto sencillo y parecía ser resistente; no me cabía duda de que a Shūichi le iba a gustar y, además, seguro que le iba bien para el trabajo. Me compré un monedero en el mismo puesto.

—Muchas gracias por todo. Me has ayudado muchísimo y encima has hecho que el día sea más entretenido.

Habíamos conseguido comprar el regalo sin mucho lío, pero no supe qué hacer cuando Chinatsu me reiteró lo agradecida que estaba. Le dije que no era nada y ella me insistió.

—No lo digo solo por hoy: siempre me animas y eso me ayuda mucho. Se te da muy bien animar a los demás, es como algo innato. Es increíble, de verdad.

Me lo dijo con su sinceridad de siempre y, como se me da de pena aceptar cumplidos, empecé a notar un picor en la baja espalda.

—Eh… ¿Te parece si te pido algo a cambio, entonces?

—Claro, ¿qué necesitas? Si puedo ayudarte con algo, con lo que sea, solo tienes que decírmelo. —La vi super-nerviosa en lo que me lo decía.

—¿Podrías no hablarme con tanta educación? Eres mayor que yo y, además, no me va mucho eso de la formalidad. Me dijiste que no eres capaz de hablar sin ser tan educada, pero quiero que te puedas relajar conmigo. Somos amigas, ¿no? —pregunté con una sonrisa.

Chinatsu se sonrojó de forma casi imperceptible y me devolvió la sonrisa.

—Vale, ¿vamos para la cafetería?

—Como prefieras. O sea, claro, vamos.

Nos dispusimos a bajar por la avenida, en dirección a la calle del mercado, acompañadas del cielo azul, y fue entonces cuando sucedió.

Un joven con camiseta blanca y gafas negras se dirigía hacia nosotras y nos cruzamos mientras las dos charlábamos.

Al pasar junto a nosotras, me volví de repente, porque noté una premonición. Fue como si alguien me tirara del pelo por detrás.

—¿Shizuku? —me llamó Chinatsu, a mi lado.

Aunque el hombre siguió caminando bajo el sol veraniego, por la razón que fuera, supe que iba a darse la vuelta. Mientras lo miraba, se detuvo y se plantó a unos tres metros de distancia.

Y entonces, poco a poco, se volvió hacia mí.

Nos miramos a los ojos por un instante y dio un paso hacia mí para mirarme con más intensidad aún.

—¿Por casualidad no serás Shizuku?

—Sí...

Al oírle la voz, estuve segura del todo.

—¿Ogino?

Nada más llamarlo, se me acercó corriendo; detrás de las gafas, le vi la sonrisa de alegría en los ojos.

—Sí que eres tú. ¡Cuánto tiempo! Y sí que has crecido.

Fue tan repentino que no me dio tiempo a procesar lo que sentía. Incapaz de hablar, me lo quedé mirando ahí plantado en mis narices.

De verdad era Ogino. Había sido el novio de mi hermana hasta que ella había muerto y, desde entonces, no habíamos vuelto a hablar.

Sinceramente, me había olvidado de su existencia hasta aquel preciso instante. Aunque quizá la premonición que había notado al cruzarnos era prueba suficiente de que, en el fondo, aún lo recordaba.

—¿Ella es tu amiga, Shizuku?

Debía de haberme quedado temblando. Hasta que pronunció aquellas palabras, me había olvidado de que Chinatsu estaba allí también.

—Ah, sí, más o menos.

Ogino le dedicó una pequeña reverencia y Chinatsu se la devolvió.

—Eh... ¿Será mejor que vaya yendo para la cafetería? Te puedo esperar allí si quieres.

—Ah, pues...

Miré a Ogino de reojo sin saber qué hacer.

—No, no, no quiero interrumpir vuestros planes —dijo él. Parecía estar a punto de despedirse y marcharse.

Sin embargo, me oí a mí misma llamarlo conforme se daba la vuelta.

—¡Espera!

El Museo Conmemorativo Mori Ōgai se encontraba en Dangozaka y la cafetería del museo tenía un ambiente muy sofisticado. Tenía una pared de cristal que te dejaba ver el jardín mientras bebías el té y en un rincón del exterior había un árbol ginkgo enorme. Me sentaba bien ver aquellas hojas verdes meciéndose al viento.

—Quiero hablarte de algo —le dije.

—En ese caso, vamos al museo Mori Ōgai.

A pesar de que al principio no había entendido por qué quería ir al museo, era porque no tenía ni idea de que en su interior había una cafetería tan buena.

—Está muy bien —comenté.

En otros tiempos, había sido donde vivía el escritor Mori Ōgai; habían construido el museo hacía poco y, dado que al autor solo lo conocía por mi clase de literatura moderna, el lugar en sí no había significado nada para mí hasta entonces.

—¿A que sí? Me gusta lo relajante que es.

Sentados juntos, Ogino no dejaba de mirarme y sonreírme, ni siquiera se molestaba en echar algún vistazo hacia el precioso jardín a través de la ventana. Me quedé sin saber qué pensar al ver la mirada dulce que me dedicaba, como hacían los adultos al dedicar toda su atención a un niño pequeño.

Ah, pensé. *Es que me está tratando como a una niña.*

Por mayor que me hiciera, la primera impresión que tenía de mí siempre iba a ser la de la hermana mucho menor de la chica a la que había querido. Sin embargo, pensándolo mejor, ya solo era un año menor que mi hermana la última vez que nos habíamos visto, cuando el propio Ogino también estaba en el instituto. Si le parecía una niña pequeña en aquel entonces, vale, lo entendía, pero no me parecía correcto que me siguiera tratando igual.

A pesar de que sabía que no iba a poder borrar aquella impresión que tenía de mí, intenté sonar lo más adulta que pudiera.

—Debería disculparme por haberte parado a gritos como antes. Espero no haberte parecido muy maleducada.

—No te preocupes; hoy no tengo trabajo y no tenía más planes que ir a una librería de segunda mano que me gusta. Pero ¿y tú? ¿No ibas con una amiga?

—No pasa nada. Teníamos un recado que hacer, pero ya hemos terminado.

Chinatsu se había marchado para el café Torunka; seguro que notó algo peculiar en mi relación con Ogino, solo que no me había dado tiempo de explicarle nada. Me había dado la sensación de que, si lo dejaba irse, no iba a volver a verlo nunca.

—Ah, me alegro, entonces. Aun así, cuánto tiempo, ¿eh? Deben de haber pasado seis años desde que nos vimos por última vez. ¿Qué tal todo? Imagino que ya estarás en segundo de bachillerato, ¿verdad?

Me seguía sonriendo en lo que daba un sorbo a su café con hielo. Mientras le pasaba por la garganta, noté el movimiento de su nuez, como una criatura independiente. No podía evitar mirársela.

Cuando estaba con mi hermana, me había dado la sensación de que era delicado, frágil incluso, pero al verlo bien en la cafetería me di cuenta de que tenía los hombros y el cuello bastante fuertes, de que los brazos que le salían de su camiseta blanca eran delgados pero musculosos. Ya no tenía cara de niño, sino de hombre. Se le notaba la madurez al verlo. ¿Kōta iba a ser así también dentro de seis o siete años? Más quisiera. No, era imposible. Estaban hechos de una pasta distinta.

El Ogino de antes y el de ahora; en mis adentros, me sorprendían todos los cambios diminutos que había sufrido. Sin embargo, en lo que llevaba una mano a mi té con hielo, hice como si nada.

—Bien, como siempre. ¿Y tú qué? ¿Cómo te va la vida?

—Bien. Fui a Kioto, por la universidad, y el año pasado volví a Tokio para buscar trabajo.

—Anda, ¿sí?

—¿Y qué tal tus padres? ¿Siguen con la cafetería?

—Sí.

—Uf, hace siglos que no voy al café Torunka. —Entornó la mirada al decirlo, como si echara de menos los viejos tiempos—. Quise pasarme a saludar en cuanto volví, pero me es difícil, como te imaginarás.

—¿Por?

—Me porté fatal con vosotros.

—¿Cómo? —solté. De verdad que no tenía ni idea de lo que estaba diciendo. ¿Acaso nos había hecho algo? No se me ocurría nada.

—Quiero decir, que me puse a berrear en el funeral, si hasta me abracé al ataúd y todo. Se me fue la pinza. No me creo que llegara a tanto.

—Ah, no, eso no nos…

Ogino negó con la cabeza en silencio y acabó posando la mirada en el paisaje del otro lado de la ventana.

—Fue imperdonable. Erais vosotros los que estabais afectados y allí me presento yo, un tipo al que habían dejado seis meses antes, y me pongo a hacer esas tonterías. Luego me di cuenta de lo egoísta que había sido y me sentí fatal. No he podido mirar a tu padre a la cara desde entonces, y mira que debería haber ido a hablar con él antes de irme para la universidad. Con todo lo que hizo por mí...

—No te preocupes por eso, de verdad que no nos molestó. De hecho, no teníamos capacidad emocional como para prestarle atención a nadie más...

Ni me había imaginado que se sintiera así. Había supuesto que el motivo por el que no volvía a vernos era porque no quería sumirse en malos recuerdos.

—Y pásate por la cafetería cuando quieras, si todavía te apetece. A mi padre le haría mucha ilusión.

Le caía muy bien Ogino, incluso sin tener en cuenta que era el novio de mi hermana. No me cabía la menor duda de que se iba a emocionar.

—¿En serio? ¿No le molestaría?

—Claro que no.

—Vale, quizá me pase pronto, entonces.

Ogino esbozó una sonrisa cálida y agradable.

—Oye, ¿puedo preguntarte algo? —empecé, aprovechándome de aquella sonrisa para sacar un tema más complicado—. ¿Por qué cortasteis mi hermana y tú?

Se habían separado tras haber salido juntos menos de un año, a pesar de que todos decían que hacían muy buena pareja. Y, aunque no me parecía correcto preguntárselo entonces, si no lo hacía no lo iba a entender nunca.

—Ah, eso.

Su sonrisa pareció titubear por un momento, pero no tardó en recobrar la compostura. Hice como que no había visto nada.

—Fue ella la que me dejó a mí. Me dijo que quería cortar conmigo porque le gustaba otro.

—Así que fue eso… Por eso me decía a mí que seguro que la odiabas.

—¿Que la odiaba? —Alzó la voz un poco, sorprendido de verdad.

—Perdona, no debería haber sacado el tema…

—No, no, es que no me creo que pensara que iba a odiarla. Aunque supongo que sí que estuve resentido en aquel entonces. Después de que me dejara, pasé días sin poder dormir bien de lo triste que estaba. Me moría de ganas de verla, no me creía lo que había pasado. Pero la quería mucho, fue mi primer amor de verdad. Ya sé que éramos unos críos de instituto, pero soñaba con que estuviéramos los dos juntos toda la vida. ¿Cómo iba a conocer a una persona más maravillosa que ella? Aunque me había dejado, la seguía queriendo con toda el alma y no me creía que hubiera muerto. Mejor dicho, no quería creérmelo. El dolor que sentí cuando me dejó no fue nada comparado con el de cuando me enteré de que había muerto.

Le noté el dolor en la voz mientras me lo contaba y vi que agachaba la cabeza. Era como si estuviera reviviendo el momento, como si hubiera ocurrido hacía un día y no seis años. Hasta que volvió a la realidad de pronto y me miró.

—Ay, perdona, que no dejo de hablar del tema. Qué poco sensible que soy. Seguro que no quieres recordar todo eso.

Negué con la cabeza sin decir nada. Sin que yo me diera cuenta, el precioso jardín, con el árbol ginkgo cuyas hojas se mecían por la brisa, había desaparecido y solo veía a Ogino.

Mientras lo escuchaba, me puse a pensar en el día en el que mi hermana lo había llevado a casa.

Mi hermana se llamaba Sumiré. Nació justo después de que mis padres compraran el café Torunka.

Si bien se podría decir que Sumiré era un nombre anticuado, a mi hermana le iba como anillo al dedo.

Era callada e introvertida, le encantaba leer y perderse en su propio mundo.

Incluso cuando estábamos en la cafetería, se pasaba el rato soñando despierta en un rincón, libro en mano. No destacaba, no llamaba la atención. En aquel sentido, quizá se parecía un poco a nuestro padre.

Aun así, siempre que le decía algo, me escuchaba. Quería mucho a mi hermana, me encantaba que se pasara la conversación asintiendo y diciendo muy poco más allá de sus «ajá, ajá», mientras me dedicaba toda su atención. No tenía una belleza despampanante, pero sí la rodeaba un aire de misterio.

Cuando mi hermana estaba presente, aunque fuera sentada en un rincón de la cafetería, el ambiente cambiaba. Y yo no era la única que lo notaba, a juzgar por lo que oía de boca de los clientes habituales.

«Anda —decían—, ¿a que es verdad que Sumiré parece haber salido de un cuadro?».

De modo que la primogénita del café Torunka era madura y misteriosa, mientras que su hermana pequeña era la niña mimada, llena de una curiosidad desbordante. Así nos veían los adultos del barrio.

Poco después de que mi hermana empezara bachillerato, trajo a un chico un poco mayor que ella a la cafetería. Un chico de tez clara y cabello rizado. Y era muy listo, aunque parecía que no se le daba muy bien el deporte.

—Os presento a Kazuhiko Ogino, es mi *senpai* en el instituto —dijo, un poco avergonzada.

Desde entonces, Ogino se pasaba por la cafetería de vez en cuando, por mucho que mi hermana lo tratara con formalidad y lo llamara «Ogino-senpai». Sin embargo, poco después, pasó a llamarlo «Kazu» y, si bien yo solo iba a quinto de primaria por aquel entonces, entendía lo que significaba el cambio.

Ogino era amable y sociable; a mí siempre me trataba bien y nunca lo veía sin una sonrisa en los labios. Aun así, tenía algo que parecía desentonar con el resto del mundo, como si flotara a pocos milímetros del suelo. Por pequeña que fuera, noté aquella característica peculiar suya, como si, detrás de su sonrisa amable, se viera que ya se había resignado. Era algo que, para mis adentros al menos, también notaba en mi hermana.

Que se parecieran en aquel sentido, que compartieran un rasgo tan particular, no era algo que supiera poner en palabras en aquel entonces. Solo era un poco consciente de ello, pero quizá fue lo que los unió. O es lo que a mí me parecía, vaya.

Fue por ello que en aquel entonces no le tomé mucho cariño a Ogino. Se habían acercado demasiado y parecían estar completos, por así decirlo. No necesitaban a nadie más y, por tanto, no había espacio para mí entre ellos. Cuando él se pasaba por allí, mi hermana parecía contenta de un modo que nunca dejaba ver cuando estaba con nosotros. Le veía una expresión de alivio en la mirada, como si por fin hubiera encontrado aquello que la anclaba al mundo.

Por mi parte, cada vez que Ogino iba por allí me ponía de mal humor. Me estaba robando a mi hermana.

La adoraba tanto que me consumían los celos, me parecía una crisis en toda regla. Y no me entusiasmaba mucho que mis padres se hubieran quedado prendados con él también.

Hasta que, poco después de que mi hermana empezara en segundo de bachillerato, Ogino dejó de ir.

—¿Qué ha pasado con Ogino? —le pregunté un día que me pudo la curiosidad.

—Me cansé de estar con él —respondió como si nada.

—¿Dices que habéis cortado?

—Sí, supongo que sí.

Me quedé anonadada, aunque también sabía que mi hermana era capaz de cambiar de parecer de la noche a la mañana, así que tampoco me extrañó demasiado. Pensé que así era la vida, que a veces el hechizo del amor no dura mucho, que nada es para siempre. Al adoptar aquel punto de vista tan filosófico en cuanto a la situación, me tomé el fin de la relación de mi hermana como una suerte de lección. Además, también me alegré y pensé que por fin iba a volver todo a la normalidad.

Solo que aquella felicidad fue fugaz. Poco después, ingresaron a mi hermana en el hospital.

No tenía ni idea de qué ocurría exactamente; sin embargo, cuanto más tiempo pasaba, mejor entendía que la situación era grave. Cuando me enteré de que no se podía hacer nada para solucionarlo, descubrí lo que es la desesperación de verdad. La supuesta desesperación que había sentido la noche en la que bebí café fue una tontería comparada con aquello; no me entraba en la cabeza que el mundo pudiera ser tan triste, tan cruel. Mi hermana se fue quedando más y más delgada, hasta que casi ni la reconocía, y, aun así, nunca perdió la esperanza. ¿Has oído algo más absurdo que eso en la vida?

Sumiré falleció a finales de agosto, tres meses después de que la ingresaran.

Al principio, mi hermana, siempre tan tranquila y compuesta, se desmoronó tanto que me sorprendió; a veces incluso se desquitaba con nuestros padres. No obstante, durante el último mes volvió a estar como siempre, callada y amable. Me recibía en su habitación del hospital y me escuchaba encantada mientras le contaba cómo me había ido el día. Y luego sonreía en silencio. Cuando falleció, todavía le vi un rastro de aquella sonrisa en el rostro. Parecía haberse quedado dormida.

En el funeral, estaba tan confusa que no derramé ni una lágrima. Mis padres también estaban como idos. Los tres, los miembros restantes de la familia, nos quedamos sin saber qué hacer, como si estuviéramos atrapados en un sueño. Recuerdo que fue un día húmedo. Estaba tan cansada que en cualquier momento me podría haber dejado caer para entregarme a los brazos del sueño.

Todo lo que vi aquel día estuvo envuelto en una bruma poco espesa y allí, en el borde de mi visión, recuerdo a Ogino llorando. Intentando lanzarse sobre el ataúd.

Me preguntaba por qué diantres lloraba.

No tenía ni idea de qué lo había hecho ponerse tan triste y sollozar así.

Aquella fue la última vez que lo vi hasta que me lo crucé con Chinatsu.

Para cuando nos fuimos del museo, ya estaba anocheciendo. Hacía bastante más frío que por la tarde y el color azul marino del cielo se iba tornando más oscuro.

—Por favor, vuelve a pasarte por la cafetería —le dije con sentimiento al despedirnos—. Prométemelo. —A pesar de no saber muy bien por qué, necesitaba que volviera.

—Bueno, vale. Gracias —dijo—. Ya nos volveremos a ver, entonces. Me alegro de que nos hayamos cruzado.

Ya había emprendido la marcha hacia la estación cuando lo volví a llamar, con la sensación de que se me había olvidado decirle algo.

Se dio media vuelta y me miró curioso.

—¿Qué pasa?

Buscaba y buscaba las palabras que quería decirle y no se me ocurrió ninguna.

—No, nada. Gracias por… por el té.

Se echó a reír.

—Nos vemos pronto.

—Eso.

Le dediqué una reverencia conforme se despedía con la mano y enfilé en dirección opuesta.

Después de cenar con mi padre, los dos solos, salí para ir a ver a Kōta. Estaba inquieta y apesadumbrada; no lograba quitarme aquellas sensaciones de encima y necesitaba hablar con alguien sobre lo que me había ocurrido aquel día. Además, sabía que, si le decía que iba a casa de Kōta, mi padre no me iba a hacer ninguna pregunta más, por mucho que pretendiera salir a esas horas.

Era una noche brillante, iluminada por la luz de la luna, y no hacía tanto frío como me esperaba. Las malvarrosas que brotaban en el jardín del vecino se encorvaban tras haber sufrido el calor de la tarde. Me sentó bien pasear por la calle desierta con mi atuendo descuidado, compuesto por pantalones de chándal y una camiseta. Me metí las manos en los bolsillos y caminé a paso raudo por delante de las tiendas cerradas mientras pensaba en lo sucedido.

«Nos vemos pronto», así se había despedido Ogino. Tendría que haberme despedido con la mano como hacía él; las reverencias eran demasiado formales.

Pero ¿por qué me arrepentía de algo que no tenía importancia? Todas aquellas ideas absurdas me molestaban más de lo que me esperaba.

Ya en la puerta de casa de Kōta, llamé al timbre, aunque solo como gesto sin importancia, porque entré sin que nadie me dijera nada.

—Kōta, ¡ha venido Shizu!

—¿Cuántas veces te tengo que decir que me llames Shizuku?

Yōhei se las había arreglado para estar más moreno aún que por la tarde. Le di mi palmada de siempre, estilo karate, y saludé a su madre en un momento antes de subir a la planta de arriba.

Nada más abrir la puerta, me llegó un tufo que conocía bastante; no sé si era cosa de Kōta o algo común en todos los chicos durante la pubertad.

—Hola, cariñín, ¿qué necesitas?

Kōta, sentado delante de la tele con un mando de consola en las manos, ni me miró al entrar. En la pantalla, un grupo de zombis cubiertos de sangre se acercaba al personaje que controlaba él.

Seguía centrado en el juego y pulsaba los botones del mando con fuerza, sin mirarme siquiera, por lo que le di un golpe en la espalda con un dedo del pie.

—¿Es que ni tú ni tu hermano sabéis cómo se comporta uno cuando hay invitados?

—Si tú no eres una invitada.

Siempre se ponía igual. Aunque quizá era por ello que me sentía cómoda con él.

Eché un vistacillo rápido por la habitación y vi que la chica del póster había cambiado desde la última vez que había ido, pero lo demás estaba todo igual. Me senté en la cama, abrí la bolsa de patatas fritas que encontré tirada por el suelo y me comí unas cuantas en lo que le contaba lo que me había sucedido aquel día con pelos y señales, como si hablara conmigo misma.

Cuando terminé, Kōta no mostró demasiado interés que digamos.

—Mmm —dijo—. El ex de Sumi, ¿eh? Lo he visto alguna vez, sí. Bueno, más bien me los cruzaba por la calle cuando iban juntos. Parecía tranquilito. Quizá por eso hacían buena pareja, ¿no?

Me había esperado una mayor reacción, de sorpresa o emoción tal vez, pero lo vi bastante indiferente. Me llevé un chasco y hasta me puse triste. Cuando Kōta era pequeño, había estado muy unido a mi hermana, incluso hubo una época en la que la seguía a todas partes y la llamaba «¡Sumi, Sumi!». Si bien no cambiaba nada, su respuesta me hizo sentir un poco sola.

—¿Y?

—¿Cómo que «y»?

—¿Dónde está el chiste?

—¿Qué chiste? ¿Qué dices? Me lo he cruzado por la calle, ya está —dije más molesta. De verdad que no le interesaba nada.

—Venga ya, cuando me cuentas una historia así, siempre acaba teniendo gracia la cosa.

—¿Qué pasa, ahora te las das de humorista *manzai* o qué?

—Qué vaaaa —contestó con el acento de Kansai propio de dichos humoristas—. Si ya sabes que yo soy tokiota de pura cepa.

Le tiré un cojín, pero lo esquivó sin apartar la mirada de la pantalla.

—¡Casi pero no!

Es que me sacaba de quicio. No sé cómo se las arreglaba para tener esos reflejos; era el único de segundo que había logrado llegar a ser titular del equipo de voleibol, y eso que siempre se saltaba los entrenos. Había oído que algunos de los de tercero se metían con él por ello, pero a él le entraba por un oído y le salía por el otro, con la desfachatez que lo caracterizaba. Debía de ser bastante desalentador para ellos el tratar con un chico así.

—Pero ha sido algo positivo, ¿no?

Kōta apartó la vista de la pantalla por un instante para mirarme a mí.

—¿El qué?

—Dices que parece que le va bien. Si siguiera afectado por lo que pasó sería una faena, ¿no? Por lo que dices, parece que se ha recuperado y le va mejor.

—Ya, supongo que sí.

—¿Y por qué te veo tan desanimada?

—No estoy desanimada. Es mejor que sea así, claro.

—Ah.

Kōta tenía razón y yo estaba de acuerdo con él. Que sí.

Solo que no era aquello lo que quería contarle, no había ido a su casa en plena noche para decirle que a Ogino le iba bien la vida. Lo que quería era compartir la sorpresa de haberme cruzado con él. Cuando falleció mi hermana, fui muy consciente de lo injusta que es la vida a veces; nadie que no fuera de mi familia podía compartir aquel dolor. Sin embargo, al hablar con él, me dio la sensación de que Ogino sí y eso me alegró y me puso triste a partes iguales. Detrás de aquellos sentimientos, algo más se removía en mi interior. Solo que eso sí que no tenía sentido debatirlo con Kōta.

Porque no sabía poner en palabras lo que sentía.

En la pantalla, el personaje estaba rodeado de zombis de cara pálida que le cortaban la vía de escape; no tenía cómo salir de allí. No obstante, Kōta no entró en pánico: apuntó a la cabeza de cada enemigo y los fue despachando uno a uno. Cada vez que pulsaba un botón del mando, oíamos el convincente estruendo de un disparo y la carne de zombi salía despedida.

—Oye, si te fijas, ¿este juego no es para mayores de dieciocho? ¿Qué haces?

Había ido a verlo porque quería desprenderme de aquella pesadumbre, pero no lo había conseguido y, para más inri, me había hecho verlo jugar a aquel juego asqueroso. Cada vez estaba más molesta; pensaba darle algo a lo que prestarle atención de verdad. Me puse detrás de él y le hice cosquillas en la barriga. Sabía que las cosquillas eran su punto débil desde que éramos pequeños.

—¡Ja, ja, ja, no seas tonta! ¡Que me matan! ¡Para, para! ¡Porfa!

Como me había imaginado, perdió el control del juego y el personaje gritó de agonía cuando la horda zombi se le echó encima. La pantalla negra adquirió un nauseabundo tono color rojo sangre y las palabras GAME OVER aparecieron en la superficie.

—¿Se puede saber qué haces? ¿No ves que ahora me he quedado sin munición? Ahora solo puedo usar el bate de hierro y enfrentarme a golpes.

—¿Qué sé yo? Igual es culpa tuya por jugar a algo tan poco saludable.

Me eché a reír a carcajada limpia al acordarme de la cara que había puesto cuando le hacía cosquillas.

—¿Y ahora de qué te ríes?

Kōta me lanzó un cojín, pero no pude contener la risa.

—Ya no tengo ganas de jugar. —Dejó el mando en el suelo y se tumbó.

—Oye, ¿qué tiene de divertido ir matando zombis en el juego ese? —pregunté, por curiosidad.

—No es que disfrute matándolos, pero tenemos que asegurarnos de que la raza humana sobreviva.

—¿No sería mejor coexistir?

—Pero eso es imposible, no tienen cerebro. Lo único que hacen es atacar a la gente a ciegas para aumentar sus filas. Piénsalo bien.

»Si el mundo se llenara de zombis, todo el mundo entraría en pánico, ¿verdad? Pero yo no, porque me he estado preparando con el juego. Así que tú tranquila, Shizuku, que si acaba pasando eso, iré a protegerte.

—Ya, claro. Como si pudiera pasar algo así.

—Quizá sí. ¿Y si se desata un virus zombi?

¿Qué virus zombi se iba a desatar? El juego lo estaba dejando tonto.

—Pues mira, si pasa eso, preferiría convertirme en zombi que seguir viviendo en un mundo así. O sea, el barrio entero acabaría convertido en zombi, ¿no? Mi padre, la señora Chiyoko, Ayako, Chinatsu y Shūichi...

—En ese caso, me haré zombi también. Así podremos vivir como zombis juntos y ser felices y comer perdices.

Ya vi lo poco que necesitaba para pasarse al bando de los muertos vivientes.

—¿Crees que podríamos formar una familia aunque no tuviéramos cerebro?

—Bueno, podemos dejar de lado lo de la familia y disfrutar por nuestra cuenta. Salimos a pasear cada día, a arrastrar los pies por ahí y vaya, a vivir la vida. Y de vez en cuando atacamos a algún humano que otro. Pero nos tomamos en serio lo que comemos: hacemos salchichas con sus órganos y les ahumamos los brazos y las piernas, así no infligimos demasiado dolor en quienes nos comemos. Y estaría bien tener un jardincito también, ¿no crees? Así vivimos la versión zombi de una vida rural. —Mientras lo decía, se puso a soltar risitas como un niño pequeño.

—En serio, eres demasiado idiota como para que me vaya a vivir contigo.

De verdad que no había cambiado nada. Me levanté de la cama y me dirigí a la puerta.

—Oye, Shizuku.

Me di media vuelta asustada. Hacía tan solo un instante que había estado tumbado en el suelo, pero había pasado a mirarme con una expresión de lo más seria.

—¿Qué pasa? —pregunté con cautela.

—¿Estás bien? —dijo en voz más baja.

—¿En qué sentido?

—Ya mismo es el aniversario de cuando Sumiré…

—Ah…

Al entender por fin a qué se refería, me quedé sin voz. Cada año, hacia finales de agosto, conforme nos acercábamos al aniversario de la muerte de mi hermana, me venía abajo en cuerpo y alma. Me daban jaquecas y náuseas, estaba más tensa que nunca y cualquier tontería me hacía romper a llorar. Vista desde fuera, se notaba que estaba con los nervios de punta todo el día y lo que decía y lo que hacía se acababa mezclando no sé cómo. El primer año fue el peor: pasé varios días incapaz de salir de la cama. A eso se refería Kōta.

—Estoy bien por ahora, sí.

Le eché un vistazo al calendario de la pared: era el 3 de agosto. Si me iba a volver a pasar, todavía me quedaba tiempo.

—O sea, quizá este año va todo bien. El pasado no estuve tan mal, ¿no?

—Supongo. Eso espero, vaya. Es que a veces te obsesionas demasiado con Sumiré.

—¿Cómo que me obsesiono? —No tenía ni idea de lo que intentaba decirme.

—Nada, eso.

—No lo entiendo. Era mi hermana, ¿no se supone que debe ser así?

—Ya, pero… —Kōta frunció el ceño y se rascó la nuca—. Déjalo, no sé cómo explicarlo. No me hagas caso. Pero bueno, si lo estás pasando mal, puedes hablar conmigo, ¿vale? Que no eres tan complicada. Hacer como que todo va bien no te va a servir de nada.

—Mira quién se ha puesto simpático así de repente. ¿Lo haces para que me olvide de los quinientos yenes que te dejé el otro día? No soy tan blanda, ya sabes que soy hija de un cobrador de deudas —dije para hacerme la tonta. Se había puesto tan serio que parecía otra persona y oír todo aquello cara a cara me daba vergüenza.

—Es que me preocupo por ti, ¿tan malo es? —Se negaba a morder el anzuelo y me miraba con seriedad, seguramente para ocultar lo avergonzado que estaba.

Y lo entendía: se preocupaba por mí a su manera. Si bien siempre se hacía el idiota, nadie se preocupaba más por mí que él. Y estaba agradecida de tener a alguien así en mi vida, por muy incordio que fuera a veces. Al darme cuenta de ello, acabé dándole las gracias con sinceridad.

—Oye, gracias por preocuparte por mí. Si pasa algo, te lo diré.

—Ya.

Kōta apartó la mirada hasta que me marché.

Fue casi una semana después que Ogino se pasó por el café Torunka, bastante cerca de la fiesta Obon, donde se honra a los difuntos.

Llevaba toda la semana sin salir, a pesar de estar de vacaciones; en su lugar, me había quedado ayudando en la cafetería desde la mañana hasta la noche, para sustituir a Shūichi.

Aun así, era plenamente consciente de que no era el único motivo por el que me quedaba allí. En algún rincón de mi interior, sabía que estaba esperando a que llegara Ogino.

Se quedó plantado en la entrada por un momento, con su camiseta azul claro iluminada por el feroz sol del exterior, y echó un vistazo por la cafetería. Detrás de las gafas que llevaba, entornaba los ojos por la nostalgia. Y entonces esbozó una leve sonrisa, como si le aliviara comprobar que no había cambiado nada.

—Bienvenido.

En cuanto entró, el corazón me dio un vuelco, aunque no me atreví a demostrarlo. Lo recibí con una ligera sonrisa.

—Ay, Shizuku, espero que no os moleste que haya aceptado tu invitación.

Mi padre lo vio y sonrió al instante, llamándolo para que se acercara a la barra.

—No estaba seguro de si eras tú. Ven y siéntate, que fuera debe de hacer muchísimo bochorno.

—Siento mucho haber tardado tanto en venir.

Qué curioso: si bien Ogino me había parecido de lo más maduro hasta aquel instante, al decir aquellas palabras sonó como un niño pequeño con miedo de llevarse una buena reprimenda.

—Ya me dijo mi hija que os cruzasteis por la calle. Me alegro de que hayas venido. Y de que ya estés hecho todo un hombretón —dijo mi padre mirándolo, y se le notaba en la voz lo contento que estaba. Casi nunca lo veía sonreír como entonces, de oreja a oreja.

Uno de nuestros clientes habituales, el señor Takita, un anciano que observaba la conversación, me hizo una pregunta en voz baja.

—¿Y ese quién es?

—Era amigo de mi hermana.

—Ah, un amigo de Sumiré.

Vi que se le iluminaba la mirada: siempre estaba ansioso por meter las narices donde no lo llamaban. *Déjalo a lo suyo*, pensé. *Así es él*.

—Eh... —empezó Ogino con timidez.

—¿Qué pasa? —Mi padre le dedicó una mirada curiosa.

Tanto el señor Takita como yo estábamos en el otro extremo de la barra, uno al lado del otro, para oír lo que hablaban.

—Siento muchísimo lo que pasó en el funeral de Sumiré. Mi comportamiento fue imperdonable.

—¿Qué dices? No hay razón para ponerse así ahora, con el tiempo que ha pasado. ¿Es por eso que no venías a la cafetería? —Mi padre lo miró incrédulo y luego se volvió hacia mí—. Shizuku, dile algo, anda.

—Ya se lo dije.

Ogino se rascó la nuca avergonzado.

—En ese caso, no tengo nada más que añadir. Sería absurdo que dejáramos de vernos por algo así.

—Aun así, quería disculparme.

—¿Te fuiste de Tokio para ir a la universidad?

—Sí, pero me ha salido trabajo aquí, así que ya he vuelto.

—Tus padres deben de estar muy contentos.

—No del todo, no. He acabado trabajando en una empresa emergente, pero mi madre habría preferido que fuera en una más grande y estable, aún me insiste con eso. La cuestión es que prefiero la sensación de trabajar en una empresa más pequeña, donde lo que hago importa de verdad. Ah, aquí tiene mi tarjeta de visita. —Ogino se la extendió y mi padre la aceptó encantado de la vida.

—¿En serio? Seguro que a ti te va bien en cualquier puesto —dijo, con lo que le dio su aprobación a Ogino. Como mi padre siempre se ponía estricto con todo el mundo, el señor Takita se lo quedó mirando con los ojos como platos de pura sorpresa.

Todavía de buen humor, mi padre fue a preparar la taza de café guatemalteco que Ogino había pedido. Con el molinillo eléctrico, molió los granos recién tostados que habían llegado de la fábrica aquel mismo día, puso la cafetera en el fuego, colocó los granos en el filtro y echó el agua hirviendo. Ogino observó a mi padre prepararlo en silencio, fascinado. Y, mientras los miraba, pensaba en cuántas veces había visto aquella misma escena.

La taza de porcelana relucía. Según mi padre la llenaba hasta el borde con aquel líquido negro, el aroma llenó la sala entera; si bien me sigue sin gustar el café, el olor sí que me encanta. Qué curioso que unos granos tan pequeños desprendan un aroma así de tranquilizador cuando se transforman en café.

—Disculpa la tardanza.

Mi padre le dejó la taza delante, Ogino le dio las gracias y se la llevó a los labios.

—Tan bueno como recordaba —dijo con una sonrisa satisfecha, dejando la taza en el platillo. Al verlo sonreír así, supe que no lo había presionado para volver en vano.

—¿No crees que el sabor ha perdido un toque o algo?

—No, para nada, está perfecto. Llevaba mucho tiempo esperándolo y me alegro de haberlo podido probar otra vez. Vaya, me alegro de haber venido. De hecho, antes de venir, me he pasado por la tumba de Sumiré.

—¿Ah, sí? Muchas gracias; seguro que ella se ha alegrado de verte. Así que ven cuando quieras, por favor.

—Eso haré.

Cuando vi la cara de alegría que puso Ogino, el corazón me dio otro vuelco.

—Mmm, parece buen chico. Me recuerda a mí en mis años mozos —me susurró el señor Takita al oído.

—Sí que lo es —asentí, aunque hice como que no había oído la segunda frase.

Y entonces, tras unos momentos más, Ogino se puso de pie. *Quédate un poquito más*, le pedí para mis adentros. Y, si bien mi padre también intentó retenerlo, dijo que había quedado con alguien del trabajo.

—Ya volveré otro día.

—Claro, cuando tú quieras.

¿Qué podía hacer? Por mucho que disimulara, había entrado en pánico: Ogino se marchaba. No sabía por qué me sentía así, pero sí que no quería que se fuera, así que intenté pensar en un motivo para retenerlo. Sin embargo, antes de que se me ocurriera, él ya había pagado la cuenta.

—Nos vemos, Shizuku —dijo, ya con una mano en la puerta.

—Eh… Tengo que ir a comprar algo para la cena.

Fue una excusa barata: había ido a comprar el día anterior y, encima, había dicho que iba a comprar más de la cuenta porque no quería salir al día siguiente también. Noté la vergüenza que me crecía en el interior cuando miré a mi padre de reojo, pero no pareció importarle.

—Ah, claro, gracias —respondió con su brusquedad habitual.

Menos mal.

—En ese caso, te acompaño —propuso Ogino con una sonrisa.

Solo que, como la vez anterior, fue la sonrisa que le dedicaría alguien a una niña pequeña.

Era aquella hora del día en la que la puesta de sol reluce sobre la calle del mercado y, nada más ponernos a caminar, ya estaba empapada de sudor. Como me había quitado el delantal, solo llevaba una blusa blanca holgada y pantalones cortos, por lo que me sentía más infantil aún si cabe, al lado de Ogino, tan maduro él. Aun así, la ropa que tenía en casa era toda más o menos igual, así que no habría cambiado nada si me hubiera decantado por otras prendas.

—Qué calorazo hoy, ¿verdad? —comentó Ogino, enjugándose el sudor de la frente.

—¿A que sí? ¿No te parece que en la tele siempre dicen que este verano va a ser más caluroso de lo normal? ¿Cuándo nos va a tocar un verano normalito?

—Ja, ja, ja, tienes razón.

—¿Sabes qué? Mi padre dice que es normal que haga calor en verano, pero creo que hace más de la cuenta.

Llegamos a un punto en el que ya me puse a mentir y, aun así, nuestra conversación absurda seguía en marcha. Si bien ya no tenía ni idea de lo que pretendía, seguí hablando por miedo a que se produjera un solo momento de silencio entre los dos.

—¿Qué tal ha sido volver a la cafetería después de tanto tiempo?

—Muy nostálgico, me ha aliviado ver que no ha cambiado nada. El ambiente y el sabor del café de tu padre era todo igual. Antes también teníais el cartel ese de *El sueño de una noche de verano* en la pared, ¿verdad? No me creo que siga ahí.

—Lo sacamos del cine y lo colgamos porque a mi madre le encanta. Lleva no sé cuántos años ahí, ahora que lo dices.

Se refería al cartel de Jiří Trnka, el famoso escenógrafo y artista de marionetas checo. Trnka falleció hace mucho tiempo, y su versión de *El sueño de una noche de verano* de Shakespeare se hizo hace más de cincuenta años, pero es tan delicada y preciosa que nadie diría que tiene tantísimo tiempo. Al verla, una sentía que se sumergía en un mundo de colores caleidoscópicos. Por mi madre, he visto la película en DVD un millón de veces desde que era pequeña. Y, a pesar de que al principio no entendía la historia, me impactó lo preciosa que era. Siempre se me saltaban las lágrimas cuando terminaba.

—Entonces, ¿la cafetería se llama así en honor al director?

—Exacto. Mis padres tuvieron su primera cita en un pase especial de la peli de Trnka en un cine artístico. Y más adelante, cuando decidieron comprar la cafetería, a mi madre le dio la sensación de que deberían nombrarla en honor a él. Dijo: «¿Y si escribimos su nombre como sonaría en japonés? Podríamos llamarlo el café Torunka».

—Anda, no tenía ni idea. Qué curioso que el nombre venga de uno de sus recuerdos.

—Bueno, eso es lo que me dijeron al menos, más que nada era porque les gustaba cómo sonaba. Si Jiří Trnka se enterara, ahí en su tumba, de que hay una cafetería en Japón nombrada en su honor, seguro que se sorprendería. Espero que no le moleste que hayamos hecho que su nombre sea un poco más fácil de pronunciar en japonés.

Se echó a reír cuando se lo conté y volvió la vista al cielo, que cambiaba de color por la puesta de sol.

—Ay, ahora que me acuerdo, a Sumiré también le encantaba esa película. El primer día que fui a la cafetería, le pregunté de qué peli era el cartel y se rio de mí y me dijo que si no conocía a Jiří Trnka. Así que fui corriendo a comprar el DVD.

—¿Eso te dijo? —pregunté sorprendida—. Qué malvada. O sea, ella solo lo conocía por nuestra madre.

Sin embargo, por la razón que fuera, Ogino parecía contento. Y entonces, justo cuando pasábamos por delante del puesto de verduras, reparé en algo: me había dejado la cartera. Un batallón de mujeres de mediana edad, seguramente turistas, venía en nuestra dirección, por lo que nos hicimos a un lado para dejarles paso.

—Es que éramos así de competitivos en cuanto a lo que sabía cada uno —me explicó—. Éramos un par de críos con el ego subido. Pero, incluso a su edad, Sumiré sabía un montón de cosas, seguro que por la cantidad de libros que leía.

—Eso es verdad —dije. Mi hermana sabía tanto que yo me sentía tonta y me preguntaba de dónde sacaba tantos datos.

—¿Sabes la historia de por qué los marcapáginas se llaman *shiori*? Por lo visto, la palabra viene de cuando la gente iba por la montaña y rompía ramas por el camino para marcar por dónde había pasado. Con el paso del tiempo, cambió el significado y *shiori* pasó a referirse a lo que uno deja en un libro para marcar la página. Por eso los caracteres originales eran 枝折り, que en sentido literal significan «romper una rama». Sumiré me lo contó un día, toda orgullosa ella, y acabó diciendo: «Aunque seguro que tú ya lo sabías, ¿verdad, Ogino-senpai?». Incluso con todo el tiempo que ha pasado, cuando dejo un marcapáginas me acuerdo de la cara que puso entonces.

—Nosotros no llegamos a ver ese lado suyo —dije en voz baja, intentando imaginarme la cara que habría puesto—. Aunque sí que era un poco creída a veces.

—Siempre nos peleábamos por eso, aunque no en serio. Y al final era yo el que acababa cediendo.

Supongo que mi hermana habría acabado dependiendo de Ogino en cierto modo. Quizá por ser mucho más joven que ella o por el orgullo que la caracterizaba, pero no hacía lo mismo con nosotros. Ogino, en ese sentido, debió de ser muy especial para ella: fue gracias a él que fue capaz de demostrar lo mucho que sabía y ponerse a discutir así, siempre consciente de que él iba a ser el primero en ceder.

Seguía perdida en aquellos pensamientos cuando llegamos al final de la calle del mercado.

—¿No ibas a comprar algo?

Para cuando me lo preguntó, ya tenía un pie en el primero de los Peldaños del Ocaso. Para retenerlo un poco más, le dije lo primero que se me vino a la cabeza.

—¿Qué crees que debería comprar para la cena de hoy?

Y surtió efecto: Ogino bajó de las escaleras y se dio media vuelta.

—Ahora que lo pienso, tu padre me ha estado contando que tu madre está en otro país ahora, ¿no? Supongo que por eso te encargas de la casa, es impresionante —dijo con admiración de verdad.

—Es lo que hago por el momento, sí —repuse aturullada—. Mi madre está en Chiang Mai —añadí, con lo que le di más detalles de los necesarios.

—Anda, ¿en Chiang Mai? Eso está en las montañas de Tailandia, ¿verdad? —preguntó, ya mirándome de frente.

En el borde de los peldaños, tres gatos se habían sentado y nos observaban con cara de sueño.

—Cuando murió mi hermana, la situación se salió un poco de control, fue como si no tuviéramos espacio para sentir nada más que esa pena —dije, por mucho que me costara encontrar las palabras adecuadas para expresarme.

Si bien solo había pretendido impedir que se fuera, ya me arrepentía de ello, porque era algo muy difícil de explicar. Si decía demasiado, le acabaría dando lástima y, si decía muy poco, podría malinterpretarme. Por eso lo más fácil era no decir nada, así que había vuelto a fracasar. Aun así, parecía que Ogino me entendía bastante bien; asintió y me escuchó, nada más. Me tranquilicé al no verle ningún atisbo de lástima en la mirada.

—Mis padres fueron a hablar con un terapeuta y él les propuso que intentáramos cambiar la dinámica en casa por el momento. Eso fue lo que llevó a mi madre a apuntarse a una organización benéfica en Tailandia hace tres años; ayudan a reconstruir aldeas, crean pozos y trabajan en los huertos. No sé muy bien dónde estarán ahora, porque van de una aldea a otra.

—Anda, como una gira de reconstrucción. —Ogino hizo una pausa como si intentara encontrar las palabras apropiadas—. Debe de haber sido muy duro —dijo. Y aquellas breves palabras bastaron para transmitirme su compasión, para aligerar el peso que siempre llevaba yo encima.

—Mi madre está bastante mejor últimamente por haber tomado aquella decisión, se lo está pasando bien. De joven siempre se apuntaba como voluntaria en organizaciones así —expliqué alegre—. Aunque no lo parezca, no me molesta hacer las tareas de casa. Quizá me vaya bien siendo ama de casa.

Puede que sea cierto, ahora que lo pienso. La vida nos iba bien en casa porque habíamos encontrado el equilibrio:

si hubiéramos seguido intentando ser una familia normal, todo se habría venido abajo en algún momento. Claro que a veces me entristecía que mi madre no estuviera por allí, pero también sabía que podía superarlo. Que estuviéramos lejos no significaba que ya no fuéramos familia.

—Shizuku. —Ogino me llamó por mi nombre, con el rostro teñido por los colores crepusculares—. De verdad que eres impresionante, te admiro mucho. Algunos, como yo, nos hacemos adultos porque envejecemos y ya está, sin hacer nada en particular. Eres mucho más adulta que yo.

No necesité la ayuda de ningún espejo para saber que se me habían sonrojado hasta las orejas.

—No, no, qué dices. Si soy una cría. Mi amigo siempre me lo dice, que pienso como una niña pequeña y que lo veo todo de forma muy simplista. Y tiene razón. Es que no quiero que nadie sufra, ¿sabes? Quiero que todo el mundo sea feliz: mi familia, la gente a la que conozco y los clientes de la cafetería.

Detestaba lo infantil que sonaba y no me cabía la menor duda de que era como me veía él también.

—Seguro que te parece de lo más arrogante e infantil. Y no solo arrogante, sino hipócrita también. A veces me harto de esa superioridad moral que tengo.

Ogino negó con la cabeza poco a poco y me miró a los ojos.

—Es que te importan los demás; lo que dices no es arrogante ni hipócrita, sino amable. Eres capaz de ver el mundo así porque has pasado por una tristeza de verdad.

Bajé la mirada avergonzada; me había estado mirando a los ojos y yo no era capaz de devolverle el gesto. Tenía el cuerpo empapado en sudor y seguro que no solo por el calor. Por lo que fuera, tenía ganas de llorar y mantuve la vista en el suelo, incapaz de levantarla.

—Lo siento, te he entretenido más de la cuenta. Debería irme yo también —dije, porque sabía que, si pasábamos más rato juntos, iba a decirle una estupidez peor aún.

—Tienes razón. Nos vemos pronto, ¿vale?

Volví corriendo por la calle del mercado sin esperar a que Ogino me dijera nada más. Por el camino, me saludaban todos mis conocidos, pero solo fui capaz de devolverles respuestas de lo más escuetas.

Así que eso es lo que pasa, ¿no? Ahora lo entiendo. Seguro que es eso, me iba diciendo por el mercado ajetreado.

Desde que me había cruzado con él, me había sentido inquieta, con un peso en el corazón, incapaz de entender a qué venía todo eso.

Y por fin vi el origen de aquella sensación.

Quizá me había enamorado.

Quizá me había enamorado de Ogino.

Lo que hay que ver. Me costaba creerlo hasta a mí.

Volví corriendo a casa, con ganas de ponerme a gritar a los cuatro vientos.

En cuanto me di cuenta de lo que sucedía, supe que me había metido en un buen lío. Con cada día que pasaba, la verdad se volvía cada vez más irrefutable y hacía mella en mis defensas.

De la noche a la mañana, solo era capaz de pensar en Ogino, cada minuto del día. Soñaba con nuestro próximo encuentro.

Me costaba bastante entenderlo. ¿Cuándo diantres me había empezado a sentir así? Me había enamorado solo por verlo dos veces, después de seis años sin saber nada de él. Y tampoco es que hubiéramos hablado mucho.

Aunque quizá así es el amor. Unas pocas palabras inocentes o un breve encuentro pueden ser lo más importante del mundo. Quizá sí. Al fin y al cabo, hay gente que se enamora a primera vista.

Aquel día, cuando nos fuimos de la cafetería, le conté cosas que no había compartido con nadie y él no se rio de mí, sino que me escuchó y entendió lo que sentía. Y aquello bastó para salvarme. Nunca me había pasado algo así; estaba tan contenta que me daban ganas de llorar.

Sí, Ogino me entendía. Y seguro que la confianza que deposité en él fue lo que me llevó a enamorarme, o al menos era lo que me parecía entonces. El peso que siempre llevaba encima había desaparecido de repente.

El amor es increíble, ¿verdad? Ya entendía un poco más por qué Chinatsu siempre tenía aquella cara; a menos que una se haya enamorado, no conoce una emoción tan intensa.

Aun así, supe que el haberlo entendido no iba a cambiar la situación, por mucho que me pasara el día fantaseando con verlo.

Desde aquella primera vez, Ogino volvió a pasarse por la cafetería cada pocos días: se presentaba por la noche, cuando volvía a casa después de trabajar, o a la hora de comer si tenía el día libre. En el transcurso de una semana, acabó viniendo tres veces. Y, sin embargo, apenas hablé con él más allá de saludarlo y preguntarle qué tal y todo eso.

Lo que le importaba a él era el ambiente de la cafetería y el café de mi padre, yo solo era parte del conjunto.

Si me hubiera sentido como el pastelito gratis que daban a veces al comprar algo en el súper, quizá no me habría molestado tanto, el problema era que, en mi caso, importaba menos que las escenas extra que meten en los DVD. A juzgar por el lenguaje corporal de Ogino, supe que me veía como a una hermana pequeña y nada más, me quedaba clarísimo cada vez que hablábamos.

«Oye, ¿estás ayudando en la cafetería otra vez? Está muy bien, pero ¿no te apetece ir a la piscina o algo también?».

Me dolía que me hiciera aquellas preguntas con una voz tan dulce. ¿Acaso no me había dicho que me veía como una adulta hacía poco? Si yo no había cambiado mi forma de actuar. Cada vez me quedaba más claro que el problema era que le parecía menos atractiva que mi hermana.

Desde que éramos pequeñas, ella siempre había destacado más, así que me crie sin demasiada confianza en aquel sentido. Hasta el momento, no me había molestado alejarme del amor, pero había pasado a sufrir por ello.

Y no podía darme por vencida. Al fin y al cabo, era la primera vez que me enamoraba.

Aun así, no iba a conseguir nada si todo seguía igual. ¿Qué diantres podía hacer para que me viera de verdad?

¿Y si me ponía ropa más descarada? No, ni hablar. La sensualidad no es lo mío, así que vestida así me vería más infantil aún. Además, no parecía de esos que se sentían atraídos por aquellas cosas.

Igual podía cambiar la forma de hablar. ¿Y si intentaba sonar más adorable, más femenina? No, tampoco podía ser. Solo de imaginarme hablando así ya me entraban ganas de vomitar.

Tumbada en la cama, con la vista fija en el techo e ideando una estrategia tras otra, se me ocurrió algo, una idea de lo más sencilla y directa. ¿Por qué no se me había ocurrido antes?

Salté de la cama en plena noche y salí de la habitación a hurtadillas. Entonces abrí la puerta de la habitación contigua y encendí la luz.

Estaba casi tal como la había dejado mi hermana: el escritorio en el que estudiaba, las estanterías y las cortinas estaban iguales. El móvil con pájaros que le había regalado para su último cumpleaños seguía colgando del techo. Más allá del polvo, una creería que seguía viviendo allí; en aquella estancia, el tiempo se había detenido en cuanto ingresaron a mi hermana en el hospital.

A ninguno de los tres se nos ocurriría despejar la habitación. Lo único que hacíamos de vez en cuando era airear el futón y pasar la aspiradora, para que todo siguiera igual.

Allí plantada en medio de la habitación, con la mirada perdida, oí que mi padre me llamaba desde el pasillo.

—¿Qué haces ahí?

—¿Crees que podría tomar prestada algo de ropa de Sumiré?

Le vi una expresión rara por un momento antes de que contestara.

—Claro, no hay problema —murmuró—. Pero ¿no decías que no querías porque tenéis estilos distintos?

—He cambiado de parecer.

—¿Ha pasado algo?

—No, solo he cambiado.

—Vale —mi padre se encogió de hombros—, pero ten cuidado con la ropa —añadió antes de marcharse.

En cuanto abrí la puerta del armario, me llegó el olor a alcanfor. Escogí unos cuantos atuendos de verano: un vestido blanco de encaje, uno morado más chic y otro de color amarillo claro, todos vestidos. En verano, era lo que se ponía mi hermana. Tras estirarlos todos y mirarlos bien, decidí que el amarillo era el más veraniego, el que mejor me iba a quedar.

Mi hermana murió a los diecisiete años, la misma edad que tenía yo. A juzgar por la edad al menos, era lo más que nos íbamos a parecer.

Me quedé mirando mi reflejo en el espejo de cuerpo entero, con el vestido de mi hermana puesto, y noté que algo no encajaba. El pelo. Me deshice la coleta e intenté peinarme con los dedos, solo que tenía el cabello suave y fino y no me caía sobre los hombros como a mi hermana, sino que se me curvaban las puntas.

«Ay, Ogino, ¿no conoces a Jiří Trnka?», susurré mirándome al espejo, pero me dio toda la vergüenza del mundo. Aun así, ya empezaba a pensar que el vestido me quedaba bastante bien, o al menos no tan mal como me había imaginado.

Vale. Me miré una última vez y asentí.

Después del día que cerramos por el Obon, me puse el vestido amarillo para ir a la cafetería. Llevaba el delantal por encima y me había dejado el pelo suelto como de costumbre, hasta los hombros. También me había puesto los tacones negros de mi hermana.

—Anda, qué guapa estás hoy, Shizuku —me dijo la señora Chiyoko nada más entrar por la mañana.

—¿Usted cree? —Su reacción me puso de buen humor de inmediato—. Es de mi hermana, la verdad.

—Ah, de Sumiré. Sí que has crecido. Y pensar que hace dos días eras una bebé… —siguió, bastante conmovida. Entornó la mirada y se quedó mirando a lo lejos.

«Bebé» era pasarse un poco, pero de verdad me alegró que alguien reconociera que había cambiado.

Solté una risita por la vergüenza y decidí comprobar si su respuesta era sincera.

—¿No le parece que me queda raro?

—Tonterías, te favorece mucho. Te veo guapísima y femenina.

Por la tarde, cuando Shūichi se pasó por allí para su primer turno después de varios días, lo vi bastante asombrado.

—Menuda sorpresa. Vengo después de unos días y me encuentro con una chica que no me suena de nada.

Estaba de muy buen humor, seguramente porque había celebrado su cumpleaños el día anterior. De hecho, llevaba la mochila que le había regalado Chinatsu.

—¿No crees que estoy rara, Sylvie?

—¿Quién es Sylvie? Pero en serio, creo que te queda muy bien. Kōta se va a enamorar de ti otra vez.

En cuanto a mi padre, su respuesta fue más tajante.

—Bueno, quizá no está tan mal.

Ni siquiera me intentó mirar a los ojos, pero lo dejé pasar, porque supuse que se le hacía difícil verme con la ropa de Sumiré.

Por desgracia, Ogino no fue a la cafetería aquel día. Aun así, la aprobación de los demás me había dado un chute de confianza y, a partir de entonces, decidí llevar ropa de mi hermana cada día. Si bien al principio me sentía incómoda, como si fuera con ropa de la talla incorrecta, poco a poco la sensación fue pasando y, en su lugar, al ponérmela, me sentía como si me estuviera convirtiendo en ella. Me sentó muy bien y me animó.

Me dejé llevar y, en vez de conformarme solo con su ropa, empecé a usar pinzas del pelo y broches que le encontré en el armario. Consulté fotos del álbum familiar para coordinar los atuendos y hasta intenté imitar sus gestos y la forma de caminar según lo que recordaba.

Me puse a pensar que quizá me estaba pasando de la raya, que me había olvidado de mi objetivo original. Me lo pareció al verme reflejada en la ventana de la cafetería y volver en mí, pero no me contuve. Ni lo intenté, vaya.

Hasta que, un buen día, Ogino fue a la cafetería por fin.

Entró y fue derecho a la barra para sentarse sin percatarse de mi presencia siquiera. Cuando me acerqué a él con discreción, se sorprendió.

—¿Eh? Anda, qué sorpresa. ¿Eres tú, Shizuku? ¿Qué haces vestida así?

—¿Pasa algo? —le pregunté, con el corazón a mil por hora.

—No, nada, es que te veo muy cambiada. Y… —murmuró mirándome de arriba abajo— es ropa de Sumiré, ¿verdad?

—Lo has notado, ¿eh? Decidí que había llegado el momento de un cambio de *look* radical —dije echándome el pelo hacia atrás como si nada, para que viera la pinza que llevaba.

—¿Ah, sí? Supongo que está bien, entonces.

A pesar de que su reacción no había sido la que esperaba, al menos era evidente que me veía con otros ojos y eso bastó para que me quedara satisfecha. Además, necesitaba que mostrara cierto interés por mí antes de poder hacer que se enamorara.

Vale, allá vamos. Me animé para mis adentros.

Al principio, todo fue según lo planeado: cuando salió de la cafetería para volver a casa, me marché con la misma excusa de la otra vez, que tenía que ir a comprar. Al haberme convertido en mi hermana, me sentía más valiente que nunca; mientras nos íbamos, no me puse nerviosa como en la ocasión anterior. A aquel ritmo, quizá hasta me dejaba llevar y le confesaba mi amor. *Vale, a por ello*, pensé al salir de la calle Torunka para meternos en el mercado.

Y, de repente, noté que alguien me sujetaba del brazo y tiraba de mí.

Cuando me volví, sorprendida, vi a Kōta mirándome con una expresión resentida que no le había visto nunca.

—Oye, ¿qué haces? —Con una mueca, logré apartar el brazo del fuerte agarre de Kōta.

—No, ¿qué haces tú? —me preguntó, aún con mala cara.

—Yo lo he preguntado primero. ¿Qué te pasa?

Ogino se había quedado boquiabierto y pasaba la mirada entre uno y otro. Kōta se dio media vuelta y le dedicó una pequeña reverencia.

—Ah, hola.

—Eh, encantado de conocerte. ¿Eres… amigo de Shizuku?

Si bien quise decirle que no lo conocía de nada, le expliqué que sí, aunque fuera a regañadientes.

—Perdona, tenemos… cosas que hacer. —Kōta le dedicó una sonrisa alegre a Ogino y escondió la expresión hostil que me había mostrado a mí.

—¿Ah, sí? Me voy a ir yendo, entonces. —Parecía fácil de convencer; supongo que para él nada de aquello era interesante—. Ya nos veremos, Shizuku —se despidió antes de marcharse a buen paso por el mercado.

En cuanto estuve segura de que Ogino ya no estaba cerca, me lancé a por Kōta.

—¿Se puede saber qué te pasa? ¡Serás idiota!

—¿Qué haces? —preguntó él, sin afectarse demasiado.

—¿Cómo? Ya te he dicho que yo te he preguntado primero.

Me estaba poniendo nerviosa y ya había empezado a gritar, con lo que llamé la atención de unas mujeres de mediana edad que habían salido a comprar. Kōta me volvió a sujetar de un brazo y me metió en la callejuela.

Por un momento, nos fulminamos con la mirada mutuamente bajo la tenue luz del callejón. En cuanto había empezado segundo de secundaria, había pegado el estirón y, de la noche a la mañana, ya era más alto que yo. Ya ni siquiera podía mirarlo a los ojos sin levantar la vista. Hacía tiempo podía con él, no solo en nuestras discusiones, sino también en fuerza física, pero ya no.

—Espera, ¿te gusta el chico ese?

La vergüenza y el enfado se me arremolinaron en el interior. ¿A cuento de qué me preguntaba algo así? ¿Qué le pasaba? No solo me había impedido pasar el rato con Ogino, sino que encima iba y lo empeoraba todo al preguntármelo. Tampoco me gustaba mucho que me amenazara precisamente.

—¡¿Y a ti qué te importa?! —grité, intentando hablar más alto que él.

—¿Es que eres tonta? Si es el novio de Sumiré —dijo con voz molesta.

—Ya no.

Pasó un rato en silencio, hasta que inhaló hondo y suspiró. Me había contado que era algo que le había enseñado el entrenador, para tranquilizarse cuando algún partido de voleibol se ponía intenso.

—Perdona que te haya abordado así de golpe. Y seguro que he sido muy maleducado con Ogino también, lo siento.

—No pasa nada —dije, recobrando la compostura un poco—. Pero bueno, a él no le ha molestado mucho, por lo que he visto.

—Igualmente, me he pasado. Pero una cosa: ¿qué es lo que te gusta de él? ¿Acaso lo conoces de verdad?

Al oír aquella pregunta, no supe qué responder. ¿Qué era lo que me gustaba de Ogino? Desde que me había dado cuenta de que estaba enamorada de él, había estado tan centrada en pensar en ello y dándole vueltas a cómo llamar su atención que no me había parado a pensar a qué se debía. Era amable. Y tierno. Y no sabía mucho más de él. Más allá de que había sido el novio de mi hermana, no lo conocía mucho como persona…

—Si me lo preguntas así de sopetón, no sé cómo responder. Pero estoy enamorada de él.

—¿En serio?

Kōta me buscó la expresión y yo asentí, con ganas de apartar la mirada.

—Pues ve a por él —me dijo después de mirarme de arriba abajo—, pero deberías ser tu yo de siempre.

—¿A qué te refieres?

—No te vistas así. Inténtalo, si es lo que quieres, pero como Shizuku, no como otra persona. O sea, ¿qué haces vestida así? No te queda nada bien.

Siendo sincera, me dolió que me dijera aquello. Aunque tampoco importaba lo que pensara él sobre lo que me ponía o no.

—No es asunto tuyo, me lo he pensado muy bien. A ver, si a Ogino no le intereso como soy siempre, pues… —Me fui quedando sin fuelle.

—Entonces, ¿te parece bien que se enamore de ti vestida de Sumiré?

No tenía cómo rebatir aquella respuesta y ya me hervía la sangre otra vez. Aun así, él siguió hablando.

—Es lo que te decía antes: estás obsesionada con tu hermana. Cuando vi cómo reaccionaste después de volver a ver a Ogino, me preocupó que fuera a ocurrir algo raro. Si de verdad estás enamorada de él, me parece muy bien. Si es así, hasta te apoyaré. Pero hazlo como es debido, no vuelvas corriendo a Sumiré.

—¡Cállate! —Me di cuenta de que estaba gritando: el eco de mi voz resonó por la angosta callejuela e hizo que Kōta abriera mucho los ojos.

—¿Por qué te enfadas? Si lo digo por tu propio bien. ¿No te dije que me preocupaba por ti? ¿Por qué no entiendes que…?

—¡Cállate! ¡Cállate ya! Ya te he dicho que no es asunto tuyo. ¡Largo de aquí!

Aunque no entendía por qué estaba tan enfadada con él, no podía parar. Vi que arqueaba las cejas un momento para luego fruncir el ceño.

—Oye, que te estoy hablando con calma. Pero vale, ya lo entiendo. Ya no me preocuparé más por ti.

—Ni falta que me hace.

—Vale, que sí, ya lo entiendo. Tú misma. Me da igual lo que te pase. No vuelvas a hablar conmigo.

Tras soltar aquella última frase, se dio media vuelta de sopetón y se adentró en la brillante luz de la calle del mercado.

—¡Lo mismo digo! —le grité yo en respuesta.

Y ni así se molestó en mirarme.

—Ah, ¿por qué la cerveza sabe mejor si la bebes fuera? —soltó Ayako tras dar un gran trago.

Iba ya por su tercer vaso y, si bien siempre estaba contenta, el alcohol la ponía el doble de alegre. Aun así, por mucho que bebiera, nunca se le notaba en la cara.

Era nuestra tradición anual: el festival del Yanaka Ginza. La calle del mercado se había transformado por completo, con puestos de colores estridentes que delineaban la calle. La fiesta estaba llena de eventos, empezando por uno de pesca para los niños por la tarde, además de actuaciones de grupos de música, bailes del Obon y procesiones de hombres que cargaban con santuarios por la calle.

Ayako se había centrado en la feria de la cerveza que empezaba al atardecer (y que venía a ser una fiesta con cerveza barata). Durante los últimos años, no sé muy bien por qué, me pedía que la acompañara. Me decía que beber sola no tenía nada de divertido y luego, sin que me diera cuenta, se ponía a hablar con hombres igual de borrachos que ella. De hecho, ya llevaban un buen rato alzando los vasos e intercambiando brindis.

A pesar de que aquella fiesta solo se celebraba una vez al año, yo estaba de mal humor. Con un refresco ya tibio en la mano que me había comprado en el puesto de cerveza, observé a los demás, vestidos con *yukata*, que llenaban la calle.

Seguía afectada por lo que había ocurrido con Kōta. ¿A qué venía tanta tensión? Habíamos discutido más veces de las que el mundo giraba sobre sí mismo, pero aquella me pareció distinta. ¿Cómo podría describirla? Había sido una pelea en toda regla, y él se había pasado de la raya. Se entrometía en algo que no le concernía y me había tratado con muy poco respeto. Como si él fuera a entender lo que era ser una chica enamorada.

Aun con todo, algo de lo que me había dicho seguía clavado en mi corazón.

«Entonces, ¿te parece bien que se enamore de ti vestida de Sumiré?».

Pues sí, no me parecía mal. Creía que esa era la respuesta correcta, al menos. Solo que él me había dicho que, si decidía probar suerte con Ogino, debía ser yo misma, y hasta entonces no se me había ocurrido. A lo mejor me estaba poniendo un poco rara. Al fin y al cabo, solo faltaban cuatro días para el 28 de agosto, el aniversario de la muerte de mi hermana, por lo que era posible que, sin yo darme cuenta, estuviera haciendo cosas raras. Quizá me había vuelto un poco loca sin reparar en ello, sí. Según le daba vueltas, un escalofrío me recorrió la espalda.

«Estás obsesionada con tu hermana».

También me había dicho aquello. ¿A qué se refería? Era mi hermana, ¿qué tenía de malo que pensara en ella? Me dolió más aún que me lo dijera él, porque hacía como si se hubiera olvidado de ella y ya le diera igual. Dándole vueltas y más vueltas a todo, oí, mezclada con la música tradicional de la fiesta, el sonido de la voz de Yōhei.

—Oye, Kōta, es Shizuku. Y Ayako también.

Venía en nuestra dirección, meneando la cabeza rapada y menuda que tenía arriba y abajo acompañado de una mazorca asada y una manzana de caramelo en las manos.

Me quedé petrificada al ver quién estaba a su lado: Kōta. ¿Qué debía hacer? ¿Le decía algo o no? Sin embargo, él pasó de largo con el rostro inexpresivo, por muy segura que estuviera de que nos habíamos encontrado con la mirada y de que me había visto entrar en pánico.

Hizo como si no nos conociera de nada; su hermano le tiraba de la manga de la camiseta y él tan pancho. Desapareció entre el gentío sin mirar atrás.

Desde los altavoces, me llegó el anuncio que nos llamaba en vano.

—*El baile del Obon dará comienzo dentro de poco. Los invitamos a todos a participar.*

—¿Os habéis peleado o algo? —Ayako me miró extrañada mientras bebía su cuarto vaso de cerveza.

—Sí, es que…

Di un trago al refresco caliente e intenté disimular para que no viera que me temblaban las manos.

—Ajá —dijo Ayako burlona—. Conque a eso se debe la cara larga que tienes. Si es lo bastante grave como para ponerte así de triste, deberíais hacer las paces.

—Es que… no tengo ganas de hacer las paces.

—Tch, tch —rechistó—. Aunque supongo que solo se es joven una vez. —Se echó a reír hasta que le temblaron los finos hombros que tenía. Justo cuando me estaba diciendo que estaba borrachísima y que debería dejarla allí e irme a casa, me preguntó de golpe—: Por cierto, ¿a qué viene eso de vestirte como Sumiré? —Hasta el momento, no me había parecido que se hubiera dado cuenta.

—¿No me queda bien?

—Para ser así brusca, no. No te queda bien.

—¿Y eso? Si en la cafetería todos me decían que sí.

Me sorprendió mucho enterarme, primero de parte de Kōta y luego de Ayako, mira por dónde.

—Mira, no está tan mal; estás adorable, te queda más femenino. Pero me gustas más tal como eres de verdad.

—¿En serio?

—¿Es por eso que te has peleado con Kōta?

De vez en cuando, llegaba a ser tan astuta que hasta me daba miedo. Lo conseguía incluso borracha como una cuba. Aferré con fuerza el vaso vacío que tenía en la mano y bajé la mirada.

—Pues sí. Se puso a regañarme y me cabreé como una mona. O sea, se puso a hablar de cosas que no entiende y me estaba dando miedo, como si no fuera él mismo.

—Oye, Shizuku —dijo con cierto tono de regañina—. Ya sabes lo que dicen por ahí: «Sabio es el que se mantiene limpio y despejado, pues cada uno es la ventana a través de la que ve el mundo». Es de un dramaturgo irlandés.

—¿Y qué significa?

Puse cara de extrañada, como siempre que me soltaba alguna de sus frasecitas misteriosas.

—¿Mmm? ¿No lo entiendes? Así en resumen, significa que en el mundo todo está mezclado, lo bueno con lo malo, el trigo y la cizaña. Hay cosas que son preciosas de forma natural y otras que son falsas, y cada una tiene que decidir en qué creer. De modo que lo importante es ser una persona sensata, ¿sabes? Pulirte, mantenerte limpia y despejada, como dice. Y viceversa, porque el mundo también te ve a ti, así que es otro motivo por el que tienes que esforzarte en pulirte, en mejorar. Al menos es como entiendo la frase yo.

Me recordó a la historia detrás de mi nombre: mi padre me había llamado Shizuku, que significa «gota», porque esperaba que mi vida fuera tan intensa y satisfactoria como una gota del mejor café.

—Ya… Y sí que lo he estado intentando, pero…

¿Qué tenía de malo lo que había estado haciendo? Ya no tenía ni idea, tenía la cabeza hecha un lío.

—Lo sé, te entiendo. Es que creo que no te has estado puliendo de la mejor forma y es duro verte así, es como si te estuvieras obligando. Tienes que intentar averiguar qué es lo que hace que seas tú misma. Hay muchas personas que van al café Torunka solo para verte la sonrisa, porque ese gesto basta para animarlos el día entero. Seguro que a eso se refería Kōta. El problema es que el pobre es tonto y no sabe explicarse.

—Quizá tienes razón —dije, aunque no sabía ni cómo empezar a averiguar qué es lo que me hacía ser yo misma.

¿De verdad era eso lo que pretendía decirme Kōta? No tenía ni idea. Aun así, ya entendí que él había estado intentando cuidar de mí; por ser la persona con un vínculo más estrecho conmigo, por ser el que mejor me conocía, se había ofrecido como voluntario para una tarea tan desagradecida como aquella. O igual ni se lo había pensado tanto. En cualquier caso, la que se había equivocado era yo.

—Sé que, a tu edad, la incertidumbre está a la orden del día. Y encima, tú tienes todo lo de Sumiré, así que seguro que tienes la cabeza hecha un bombo. Pero no tienes por qué darte prisa, ¿sabes? Eso de mejorar es algo que lleva muchísimo tiempo. —Ayako se quedó callada unos segundos y añadió—: Ay, mira que me gusta hacerme la sabia, como si estuviera yo para darle lecciones a nadie. Mejor me callo, pero gracias por escucharme. —Me dio una alentadora palmada en el hombro—. ¡Más birraaaa! —anunció, como si cantara una canción.

Se dirigió hacia el puesto de cerveza y se metió de lleno en la calle en la que acababa de comenzar el baile del Obon.

Estaba delante de la entrada de la estación Nippori, esperando a Ogino.

Ya eran casi las ocho y, con todo sumido en la profunda oscuridad del verano, la entrada era lo único bien iluminado de la zona. El enjambre de insectos que se veían atraídos hacia las luces rodeaba los focos fluorescentes.

La noche de la fiesta me la pasé preocupada hasta el amanecer y llegué a la conclusión de que debía decirle a Ogino cómo me sentía. Lo llamé a la noche siguiente y le pedí que fuera a verme, a lo que él me dijo que estaba a punto de salir del trabajo y que podíamos vernos en la estación.

Había estado dándole vueltas a todo desde mi charla con Kōta; creo que es lo que más he pensado sobre una situación en toda la vida. Y, al final, decidí que iba a ser yo misma, que no iba a ponerme la ropa de mi hermana. Iba a ser yo misma quien le dijera a Ogino cómo me sentía. Si lo hubiera hablado con cualquier amiga, me habría intentado parar los pies, me habría dicho que era demasiado pronto, que teníamos que conocernos más antes. Sin embargo, en cuanto tomé la decisión, avancé a toda máquina. Así soy yo. Tenía que actuar según lo que sentía en el momento, no quería enredarme con jueguecitos ni estrategias. Incluso si acababa saliendo mal, sabía que no me iba a arrepentir de nada si era lo que había decidido.

Y, cuando estuviera todo resuelto, iba a ir a disculparme con Kōta. No sabía si me iba a perdonar o no, pero, si no lo hacía, la idea era seguir disculpándome. Si no me perdonaba un día, tal vez al siguiente sí. Pensaba seguir haciéndolo los años que hicieran falta, hasta que se rindiera y me dijera: «Vale, sí, ya está».

Pensaba en todo aquello mientras observaba la entrada de la estación, más nerviosa que nunca. El tiempo parecía avanzar más despacio de la cuenta, de modo que creía que ya había transcurrido media hora cuando, en realidad, el reloj de la estación me indicó que solo habían pasado cinco minutos.

Vi llegar y salir a otro tren, el quinto desde que había llegado. Tras un rato, un grupo de gente salió por las puertas.

—Ah. —Al ver a un hombre en concreto, vestido con un traje, se me escapó aquel sonidito.

Al mismo tiempo, se volvió hacia mí y esbozó una sonrisa. Y se me acercó con la misma expresión, lo que bastó para que se me acelerara el pulso. Me había encontrado. Y con eso ya era feliz.

—Perdona por hacerte esperar —se disculpó, mirándose el reloj ya plantado delante de mí.

—Tranquilo, si soy yo la que te ha llamado de la nada para pedirte que vinieras.

—Ya es bastante tarde. —Me hizo una pequeña reverencia—. ¿Seguro que no pasa nada?

—No, claro que no.

Y entonces reparó en lo que llevaba puesto: una camiseta azul claro y vaqueros desgastados.

—Anda, veo que ya has vuelto a tu estilo de siempre —comentó con una sonrisa.

—Sí, hoy vuelvo a ser yo misma.

Caminamos juntos por el cementerio, rodeados de plantas densas, mientras la luz de la luna se colaba por los huecos entre las hojas de los árboles. Los demás que habían salido de la estación después de Ogino nos iban adelantando. El sonido penetrante de las cigarras había cesado del todo y, en su lugar, oíamos un chirrido más nítido, de otros insectos nocturnos.

—Bueno, ¿de qué querías hablar? ¿Quieres que te aconseje con algo?

Por lo visto, ni se imaginaba lo que estaba a punto de decirle. Aunque supongo que desde su punto de vista era normal; era yo la que estaba nerviosa por estar a su lado al fin.

—¿Pasa algo? —Me miró extrañado.

—Eh…

—¿Qué pasa?

Sin embargo, las palabras que tanto había ensayado mentalmente se negaban a salir. Si seguía así de nerviosa y trastocada, íbamos a llegar al mercado antes de que me diera tiempo a decírselo. Cerré los ojos con fuerza y respiré hondo.

—Te… te quiero, Ogino. ¿Quieres salir conmigo?

No fui capaz de decirlo como debía: no lo miré a los ojos, mantuve la mirada gacha y me sonaba la voz temblorosa. Si pudiera volver atrás en el tiempo, lo diría mejor. No, si de verdad pudiera, intentaría rehacer la noche entera, desde el momento en el que nos vimos. Solo que no era posible, claro. Lo dicho dicho está.

No sabía si me había oído. Alcé la mirada nerviosa y lo vi observarme con una expresión sorprendida.

—Ah —murmuró con una mano en la frente—, eh…

—¿Eso es un «no»?

—Shizuku, ¿lo decías en serio?

—Sí.

Intenté que no me temblaran los labios mientras hacía acopio de todas mis fuerzas para mirarlo. Por fin vi que le desaparecía la expresión de sorpresa.

—Lo siento mucho, Shizuku —dijo mirándome a los ojos—. Es que no te veo así y creo que no va a poder ser en ningún momento. No sé si te lo había dicho, pero estoy saliendo con alguien.

Tras darme unos segundos para digerir lo que me acababa de contar, asentí.

—Lo entiendo. Gracias por no andarte con rodeos.

—Lo siento —repitió él.

Me pareció sincero y me dieron ganas de disculparme más aún por haberlo metido en aquella situación.

—Tranquilo, si ya sabía que me ibas a decir que no. Perdona que te lo haya dicho así de sopetón —dije con un intento de sonrisa.

—No, no hace falta que… Perdona, no tenía ni idea. Si he hecho algo para que te llevaras la impresión equivocada, lo siento mucho. Ha sido culpa mía.

—No has hecho nada malo, de verdad. Nada de nada.

Qué amable que era. Tanto que me daban ganas de llorar. Menos mal que era de noche y podíamos hablar sin que me viera bien la cara.

—Je, je, je; bueno, es tarde —dije alegre, con la intención de disipar la tensión del ambiente—. ¿Vamos yendo?

—Sí, vale…

A pesar de que estaba triste, también me sentía renovada. En paz. Era como si el viento hubiera soplado para llevarse aquello en lo que llevaba días pensando.

—Va, venga —lo insté, al ver que no se movía.

Seguimos recorriendo el angosto camino del cementerio en silencio, ya sin nadie que nos adelantara. Y continuamos así, los dos solos y sin decir nada, hasta llegar a la carretera. Allí se ofreció a acompañarme a casa.

—No, tranquilo. Si está aquí al lado.

—Bueno, vale. Nos vemos otro día, entonces —dijo con voz apenada, sin moverse.

—Ogino, eres una persona muy sincera y muy dulce —contesté con una risita.

—¿Eh? No, no creo que…

—No te tomes en serio mis tonterías de adolescente. A todas las del insti les gustaría salir con chicos mayores y me he dejado llevar.

—¿Ah, sí? —Soltó una carcajada débil, todavía preocupado por todo.

—Claro, era broma. Y no quiero que te afecte, así que no dejes que la situación se ponga incómoda y ya no te pases por la cafetería. Que si no mi padre se enfadará conmigo.

—De verdad me has asustado. —Se rascó la nuca confuso—. No deberías decir algo así sin pensar en las consecuencias, solo deberías decírselo a alguien a quien quieras de verdad. Para mí eres como una hermana pequeña, así que me he preocupado.

—Lo siento.

Estaba intentando aconsejarme como adulto, pero yo pretendía tomármelo a la ligera.

—Bueno, me iré yendo ya. Nos vemos, Shizuku.

Al ver que se marchaba, lo llamé en un acto reflejo.

—Eh… —Fue igual que cuando nos despedimos el primer día que nos volvimos a encontrar. Se volvió un poco más allá de la farola.

—¿Qué pasa?

—¿Eres feliz últimamente?

—¿Eh? —Abrió mucho los ojos por la sorpresa—. Pues sí, creo que sí. No me he parado a pensarlo, pero estoy bien de salud, el trabajo me va bien y tengo a alguien en mi vida que me importa de verdad. Así que en esos sentidos tengo una vida plena, y supongo que eso es la felicidad.

Al mirarme, lo hizo con la expresión de alguien al que un niño pequeño le ha gastado una broma y no sabe cómo reaccionar.

—Pero ¿a qué viene esa pregunta así de golpe?

Sonreí, satisfecha con su respuesta.

—Por nada —añadí en voz más alta—. Bueno, ¡nos vemos!

Me despedí con la mano y bajé corriendo por la calle.

Ah, me sentía mucho más ligera. Seguí andando, estirando los brazos en el aire y observando las estrellas que titilaban en el cielo nocturno. Todo estaba en silencio, más allá de algún coche que pasaba de vez en cuando, y los puestos del mercado (el de galletas de arroz, el de verduras, el de *tsukudani*) estaban con las persianas echadas.

Deneb, Altair, Vega.

Busqué aquellas estrellas que tanto conocía. Me sentía despejada como un soplo de aire fresco después de confesarle lo que sentía a Ogino y, ya con la mente libre, fui capaz de repasar con calma lo que había hecho. Supongo que se podría decir que me volvía a sentir como yo misma.

¿Qué hora era? ¿Todavía podría pasarme por casa de Kōta? En lo que me lo pensaba, oí una voz baja de hombre que me llamaba desde la calle oscura.

—¡Eh!

Solté un gritito.

—¿Qué diantres haces? —me preguntó una silueta apoyada contra la barandilla que quedaba por delante.

—Ay, ¿Kōta?

Se me estaba acercando con cara de mal genio.

—¿Qué haces dando vueltas por la calle a estas horas? ¡Tu padre está superpreocupado!

—¡Ah!

Al echarle un vistazo al móvil, que había dejado olvidado en el bolsillo hasta entonces, vi que tenía como un millón de llamadas perdidas y ahí me acordé de que había salido de casa sin decirle nada a mi padre. Según la hora que vi en el teléfono, ya eran casi las diez de la noche; me iba a caer una buena. Iba a estar enfadadísimo. Me di prisa por volver.

—También me ha llamado a mí y le he dicho que estábamos tan centrados en el juego que no te has dado cuenta de que te llamaba. De nada —dijo con brusquedad.

—Ah, gr… Gracias.

Debía de haber estado buscándome, a pesar de que aún no habíamos hecho las paces, aunque me seguía mirando con mala cara. Aun así, solo con verlo me sentí mejor.

—Será mejor que vuelvas ya.

Lo seguí corriendo, porque ya se me había adelantado.

—¿Estabas con Ogino? —me preguntó sin darse la vuelta.

—Sí. —Me decanté por la sinceridad.

—¿Y qué le has dicho?

—«Te quiero» —contesté—. Le he pedido que fuera mi novio. Y ha sido un desastre monumental —me reí.

—Vaya, sí que has sido directa —dijo desde delante, con voz sorprendida—. Hay formas mejores de hacer esas cosas, ¿sabes? Hay que darles unos golpes antes para ablandarlos.

—Pero no era un amor que fuera a durar mucho.

—¿No?

—Tenías razón al preocuparte por mí, creo que me puse un poco rara. Cuando llegan estas fechas, me cuesta explicarlo, pero me entran unas ansias de aferrarme a alguien como sea. Si no lo hago, la pena puede conmigo y…

Kōta seguía caminando por delante, por lo que me daba la espalda, aunque no tardó en contestar.

—Mmm… Ya veo.

—Esta vez me habrá pasado con Ogino. —Hablaba despacio para intentar pensármelo todo bien mientras—. Él quería a mi hermana, así que pensé: ¿por qué no a mí también? Y me he acabado volviendo loca, con la ropa de mi hermana y todo. Aun así, a mí me parecía lo más normal del mundo, creía que si podía ocupar el lugar de mi hermana, podría… Pero no, conforme pasaba el tiempo, se me fue haciendo un lío la cabeza. —Explicaba lo que había pasado no solo por Kōta, sino también por mí, para repasar la historia y que los dos lo entendiéramos—. No estaba enamorada de Ogino y ya está, sino que quería tener lo que quedaba de mi hermana en él. Si no hubiera sido el novio de mi hermana, creo que no me habría enamorado de él. Cuando me dijiste que me obsesionaba con mi hermana te referías a esas cosas, ¿verdad?

Kōta no me respondió, sino que siguió caminando deprisa por la bajada. Y no me molestó; para entonces ya estaba acostumbrada a hablarle a su espalda.

—Y es por eso que la forma de enamorarme que he tenido ha sido como pescar un catarro. Se te sube la fiebre de golpe y porrazo, pero dura muy poco. Y ahora mira, no estoy triste ni nada, ¿no?

Había estado hablando, ensimismada en mi propio monólogo, cuando Kōta se frenó en seco y me tomó desprevenida, por lo que me choqué contra su espalda y me tropecé.

—¡Au! ¿Y ahora por qué te paras? —me quejé, aún sin equilibrio. Kōta se volvió y me fulminó con la mirada.

—¿Eres tonta?

Me lanzó las palabras como hacía siempre y se me quedó mirando.

—¿Eh?

—¿Cuánto hace que nos conocemos? Desde que éramos bebés. Así que intenta quitarle hierro todo lo que quieras, pero yo sé ver lo tristísima que estás.

—Ah… —No necesité nada más que aquello para venirme abajo—. Arg… —Me salió el sonido de la boca y, al instante, las lágrimas que había estado conteniendo salieron de golpe. Unas lágrimas enormes que me salían de los ojos como si fueran grifos, sin que yo pudiera hacer nada por impedirlo.

Lloraba y hacía tanto ruido que hasta yo me sorprendí. En aquella calle desierta, perdí la noción de la vergüenza, alcé la vista al cielo y lloré.

—Es verdad que no me habría enamorado de él si no hubiera sido el novio de mi hermana… Pero lo que he sentido estas dos semanas, cuando creía estar enamorada, ha sido real. Incluso si no era nada más que eso, sí que era de verdad —dije, pensando en la mala cara que debía tener de tanto llorar.

Había sido la primera vez que me sentía como si estuviera enamorada. Al pensar en Ogino, me ponía contenta, no me cabe la menor duda. Sin embargo, ya había acabado. Y aquellos preciados sentimientos que se habían acumulado en mi interior se habían quedado sin ningún lugar al que ir, ya no tenía a nadie con quien compartirlos. Me pareció una lástima y me puso muy triste.

—Tiene su lógica —murmuró Kōta mientras me daba unas palmadas en el hombro. Y el gesto me hizo llorar más aún.

Volví la vista al cielo nocturno y lloré tanto que parecía que aullaba. Pensé en la lástima que daba al estar enamorada y lloré con toda el alma, como una niña pequeña. Y, al pensar en lo triste que era llorar así, lloré más aún. Kōta no me dijo nada más, solo me acompañó.

No sé cuánto rato pasamos así. Cuando por fin dejé de llorar, lo hice con la sensación de que me había quedado seca por dentro. Sin ningún pañuelo en el bolsillo, los mocos y las lágrimas me mancharon la camiseta y hasta el suelo que pisaba.

Alcé la vista y respiré hondo.

—Lo siento mucho, Kōta —dije, mientras todavía se me sacudía el pecho.

¿Cómo puede ser que llorar maree tanto?

—¿Eh? No pasa nada, si no hay nadie tampoco. —Si bien me miraba con una sonrisita, hablaba con amabilidad.

—No me refiero a eso, lo digo por lo del otro día. Te dije cosas horribles y he querido disculparme desde entonces.

Kōta balbuceó antes de contestar.

—No solo es culpa tuya. Fui muy infantil, aunque tampoco es que sea muy adulto que digamos.

—Tenía miedo de que no fuéramos a hablar nunca más —murmuré, mirándome los pies.

Bajo las farolas, arrojábamos unas largas sombras sobre el asfalto. La forma de una mano salió de la sombra de Kōta y pasó por encima de la sombra de mi cabeza. Y, al mismo tiempo, noté la calidez y luego el peso de la mano que me apoyó.

—¿Eres tonta? ¿Cómo no íbamos a volver a hablar? Se te ha ido la olla —dijo él, ya lleno de confianza otra vez.

—Mira quién habla.

—Vaya, pero si hace un momento te estabas portando muy bien.

Al final nos echamos a reír. Y, mientras nos poníamos a andar de nuevo, el uno al lado del otro, nos seguimos insultando como hacíamos siempre. La pelea que habíamos tenido hasta hacía unos instantes desapareció sin dejar rastro.

Si bien ya estábamos delante de la calle del mercado, si volvía a casa con cara de haber llorado, mi padre se iba a preocupar.

—Podríamos decirle que el final del juego de zombis ha sido muy conmovedor —propuso él.

—No se lo tragará —me reí.

Un coche pasó en silencio cerca de nosotros.

A pesar de que le dije que estaba bien, acabó acompañándome hasta la calle Torunka.

—Gracias —le dije.

—Es que me queda de camino —repuso él apartando la mirada, como si le diera vergüenza.

—No lo digo por acompañarme, sino por todo. Tengo mucha suerte de que estés ahí a mi lado.

Seguramente fue la primera vez que le daba las gracias de un modo tan formal. Al haber pasado por tantísimas emociones distintas en cuestión de unas horas, me daba la sensación de que el espíritu maligno que me había poseído ya no estaba y de que volvía a ser yo misma. Lo que me habría costado decirle a Kōta me salió de forma natural.

—Puede que sea un poco tarde para decírtelo, pero mira, es que se lo prometí a Sumiré. —Kōta estaba apoyado contra la persiana cerrada del puesto de verduras cuando me dedicó aquella extraña revelación.

—¿Eh? ¿A qué te refieres? —pregunté en voz más alta.

—Que Sumiré me lo pidió. Cuando fui a verla al hospital, me dijo que cuidara de ti por ella —dijo como si nada.

—¿Eso te dijo? No tenía ni idea.

—Sí, sí. Era nuestro secreto —explicó con más indiferencia aún—. Me dijo: «Yo he salido un poco torcida, pero Shizuku no es así. Es muy espontánea y tiene un alma preciosa. La gente se acerca a ella, tiene ese don desde que nació. El problema es que es tan amable que es la que siempre sale herida por todo. Cuando pase eso, cuida de ella, ¿vale?».

¿Qué diantres ocurre hoy? Eran demasiadas emociones en veinticuatro horas.

—¿Y qué le dijiste tú?

—A ver, ¿qué se le dice a alguien que está en su lecho de muerte y te pide algo así? «Por supuestísimo», qué más le voy a decir. —Se echó a reír—. Soy solo un tipo, al fin y al cabo —añadió, con su mejor pose de culturista.

Me pareció tan ridículo que me eché a reír otra vez.

—Aaah, ¿lo he dicho en voz alta? De verdad que me van a matar cuando llegue al cielo. Pero en serio, estoy de acuerdo con ella. Me gusta eso de ti y no quiero que intentes cambiar quién eres. Deberías ser tú misma, ¿sabes a lo que me refiero?

—Sí —asentí con un gran gesto.

—Vale, ahora me voy a plantar un pino y a la cama.

Kōta se marchó y yo me quedé con más información de la que quería saber.

Después de aquello, pasamos varios días caóticos mientras preparábamos la ceremonia del sexto aniversario de la muerte de mi hermana. Mi madre había vuelto para ello y, al encontrarme con ella por primera vez en ocho meses, después de que viniera a vernos en Año Nuevo, la vi morena y llena de salud. Había recobrado el brillo en los ojos.

En la ceremonia, tuvimos que lidiar con mucha cosa: habíamos pedido un *bento* para cada invitado, pero nos faltaba uno; nuestros parientes nos dijeron alguna que otra cosa desagradable, y todo me cansó diez veces más que el trabajar en la cafetería. Aun así, logré no desanimarme más de la cuenta. Cuando acabó la ceremonia, nos sentamos a cenar los tres juntos por primera vez después de mucho tiempo y charlamos de todo un poco. Al día siguiente, acompañé a mi madre al aeropuerto.

Por la tarde, el tren que volvía hasta Nippori desde Narita iba vacío, con tan solo unos pocos pasajeros desperdigados, por lo que me senté cerca del centro y me puse a ver las nubes blancas del cielo.

Sumiré.

Admirando el cielo azul, hablé en silencio con mi hermana.

¿Qué tal te va por ahí?

Yo estoy bien.

Cuando me he despedido de mamá, me ha contado que iba a volver a vivir con nosotros el año que viene, aunque yo le he dicho que se lo tome con calma. Al fin y al cabo, que estemos separados no significa que dejemos de ser familia, ¿no crees?

Ah, también quería comentarte que, cuando volví a ver a Ogino, por fin entendí qué te traías entre manos. No sabía si debía contárselo a él o no, pero al final no le he dicho nada. No te dejó de gustar, ¿verdad?

Ya sé lo que pasó en realidad; te vi en la habitación del hospital, llorando y llevándote al pecho el libro que te había regalado él. Entonces me pareció raro, pero ahora lo entiendo: rompiste con él porque sabías que no te quedaba mucho tiempo, querías evitar que tuviera que pasar por el mal trago de verte morir. Porque así eras. Pero deberías saber que Ogino me dijo que es feliz ahora, hasta sonreía y todo. Qué bien, ¿verdad? Sé que es lo que tú querías.

Yo también he vuelto a ser yo misma. Dicen que es difícil eso de mejorar, pero me lo estoy tomando con calma.

Quiero poder cumplir con la promesa que es mi nombre. Me esforcé mucho, pero ahora sé que no puedo ser como tú, así que estoy bien siendo yo misma. Cuídame desde allí, ¿vale?

El tren aceleró y me llevó de vuelta a mi barrio, a casa.

Pensé que, cuando volviera al café Torunka, iba a pedirme una taza de café.

No sé a qué vinieron las ansias, pero quería que mi padre me preparara una taza bien caliente, una de esas blancas, llena hasta el borde. ¿Cómo iba a reaccionar cuando se lo pidiera?

Al otro lado de la ventana, el paisaje pasaba a toda máquina. Por mucho que costara de creer después de aquellos días tan caóticos, tenía la mente despejada y en calma.

Aun así, no se me olvidará que estuve enamorada, por poco que durara. Profundamente. Y es una sensación que atesoraré; aunque el dolor vuelva, no será tan malo. Algún día, sé que volveré a enamorarme y, hasta entonces, iré haciendo acopio de confianza para que, cuando llegue el momento, sea quien sea me vea a mí, no a otra persona.

Mientras pensaba en mi futuro amor, la cara de tonto de Kōta se me apareció en la mente. E hice a un lado el pensamiento de inmediato. No, ni hablar. Nunca. No de Kōta. Imposible. Además, tenía clarísimo que iba a tardar en volver a enamorarme.

Sí que era el momento de beberme una taza de café, eso sí. En cuanto volviera a casa, era lo primero que tenía que hacer. Y, si me acababa dando pesadillas, no les haría ni caso. Mi vida hasta entonces me había vuelto más fuerte, podía enfrentarme a ellas.

¿Cómo iba a saber mi primera taza de café después de diez años?

Me quedé mirando por la ventana, con los nervios a flor de piel.

Citas

- «La vida es una fiesta a la que solo te invitan una vez». De la obra *Führung und Geleit* de Hans Carossa: «*Leben ist eine Zusammenkunft, zu der immer nur eine begrenzte Zahl auf einmal geladen ist, und nie wird die Einladung wiederholt*». A la versión japonesa que cita Ayako le falta una parte del alemán original.

- «Solo porque se haya frustrado, no desistas de llevar a cabo tu cometido». —Shakespeare, *La tempestad*.

- «El mundo es precioso y vale la pena luchar por él». —Ernest Hemingway, *Por quién doblan las campanas*.

- «El amor es lo que nos alegra la vida. El amor es lo que nos colma de riqueza». —Heinrich Heine, https://de.wikisource.org/wiki/O,_die_Liebe_macht_uns_selig.

Nota del traductor al inglés

Ayako suele tener su propia versión idiosincrática de sus frases favoritas, pero he buscado las originales para quien quiera verlas. La primera, «La vida es una fiesta a la que solo te invitan una vez», es del autor alemán Hans Carossa. La versión completa de la frase original, que aparece en su obra *Führung und Geleit*, es: «*Leben ist eine Zusammenkunft, zu der immer nur eine begrenzte Zahl auf einmal geladen ist, und nie wird die Einladung wiederholt*».

«Solo porque se haya frustrado, no desistas de llevar a cabo tu cometido» es una frase de Antonio en la obra *La tempestad*, de Shakespeare. Quienes la conozcan recordarán que lo que le insta hacer a Sebastian es mucho menos positivo que el plan que tiene Ayako para mejorar la vida de Hiro.

«El mundo es precioso y vale la pena luchar por él» es una frase que Robert Jordan se dice a sí mismo hacia el final de la obra *Por quién doblan las campanas* de Ernest Hemingway.

«El amor es lo que nos alegra la vida. El amor es lo que nos colma de riqueza» («*O, die Liebe macht uns selig / O, die Liebe macht uns reich!*») proviene de *Zum Polterabend*, de Heinrich Heine (mil gracias a Rey Akdogan y Craig Buckley por ayudarme a afinar estas traducciones del alemán).

Hace poco, fui a buscar el café Torunka, el *kissaten* que se convierte en el centro de esta obra de Satoshi Yagisawa. En la novela, la cafetería se halla al final de una angosta callejuela del centro de Tokio, tan escondida que son muy pocos quienes la encuentran. Al menos dos personajes de la novela mencionan que llegaron a ella por primera vez siguiendo a un gato callejero. Por mucho que paseé por las estrechas y serpenteantes calles de Yanaka, por delante de tenderetes de mercado, panaderías y puestos de comida, ningún minino se me apareció para indicarme el camino.

En la novela de Satoshi, la cafetería cuenta con un local bastante pequeño, conformado por unos pocos asientos junto a la barra y tan solo un puñado de mesas; aun así, como ya ocurrió con la librería Morisaki, acaba formando el centro de una comunidad de personas y hasta llega a ser un segundo hogar para ellas.

El tiempo parece transcurrir de forma distinta en el café Torunka. Hay minutos de sobra para saborear una taza de café como es debido, para evocar recuerdos, para confesar un secreto o incluso leer una novela como esta, que celebra los placeres del *junkissa*, un término que abarca tanto esas cafeterías y el encanto pintoresco del periodo Shōwa que aún conservan, del siglo veinte, como aquellas que se distinguen por la devoción que le dedican a conseguir la taza de café perfecta. En la novela, el café Torunka aúna los mejores aspectos de ambos tipos de establecimiento. Todavía mantiene el clásico teléfono con disco, de color rosa, y un reloj de péndulo en la pared; al mismo tiempo, el propietario le dedica tantísima atención y mimo a preparar el café que un personaje del libro se lo toma como una señal de que en el mundo hay cosas por las que vale la pena luchar. Desde los altavoces suenan los estudios de piano de Chopin y los clientes habituales se pasan por el local a la hora de siempre para tomarse su buena taza de café. Es allí que conocemos a los personajes de la novela.

Cuando me encontré con el autor de la obra, Satoshi Yagisawa, después de mi búsqueda en vano, le pregunté dónde está la cafetería en realidad. He jurado guardar el secreto, por lo que no puedo desvelar nada más aquí; al fin y al cabo, son los lugares como el café Torunka los que conviene encontrar uno mismo. Y, de hecho, los encontramos cuando más los necesitamos.

Les mando infinitas gracias a las personas que he encontrado cuando más las necesitaba: Sara Nelson, mi editora; Andrea Blatt y Dara Kaye de WME; mis amigos Junko Suzuki y Ayaka Kamei, quienes me ayudaron con sus comentarios; Melissa Ozawa y Bruno Navasky, quienes corrigieron el manuscrito con sumo cuidado, y mi mujer, Nicole, que siempre es la primera en leerme.

Eric Ozawa

¿TE HA GUSTADO
ESTA HISTORIA?

Escríbenos a...

Y cuéntanos tu opinión.

Conoce más sobre nuestros libros en...

 plataeditores

 PlataEditores